COLLECTION FOLIO

Jack-Alain Léger

# L'autre Falstaff

Mercure de France

Jack-Alain Léger, cinquante ans, a connu le succès très jeune avec *Mon premier amour* et *Monsignore*, qui furent portés à l'écran. Il est, entre autres, l'auteur de : *Un ciel si fragile* (Folio n° 2074), *Autoportrait au loup, Pacific Palisades* (Folio n° 1930), *Wanderweg, Jacob Jacobi*. Sa seule passion, écrire, est aussi son seul métier.

*Au Quintette du dimanche midi :*
*Lisa, Patricia, Stéphane,*
*Jean-François, Jean-Louis.*

What a piece of work is a man...

SHAKESPEARE

Quel bel ouvrage est un homme...
Ou : Quelle belle ouvrage... ?

« Tout dans ce monde n'est que bouffonnerie... »

Si Falstaff le dit ! Ce fou de Falstaff, cet affreux soiffard essoufflé qui se surprend soudain dans un miroir de la grande salle, non sans effroi... Ce semblant de Sir John Falstaff. Le colossal, le massif Falstaff, l'immense Falstaff ! Pauvre loque qui soliloque entre deux hoquets, ours chagrin, mal léché, gros cul, moulin à paroles, plus ridicule que truculent, moins pensif que pansu, sale, velu, puant la sueur, une haleine à tuer les mouches, et qui se dandine ici devant son double abominable : l'autre minable qui tape du poing sur sa bedaine, se prend la couenne à pleines mains sous son pourpoint de cuir, se la secoue, lui, là, ce bonhomme poisseux, graisseux, qui ne sait plus s'il se hait à en mourir ou s'il s'aime encore assez pour vouloir vivre, ivre qu'il est, en outre, une outre pleine de vin, de vin et de honte, oui, de honte ! mais, tout à coup, si lucide aussi, et pleurant, pleurant, pleurant ! pleurant en silence, mais sur qui sinon sur le Sir John d'autrefois ? à l'heure navrante où celui qu'il est devenu commence à dessaouler, le pilier de l'Auberge de la Jarretière, le Sir John présent — quand la petite flamme vacillante des chandelles se noie dans les bobèches et qu'à la lueur du jour qui vient les hommes sont encore des spectres dans les glaces, des ombres du monde des Morts.

« Mort ! Je suis mort », se dit tout haut Falstaff, en jetant ce qui reste de bière dans sa chope sur le miroir au tain terni. Et ce reflet de lui se fait flou, se défait, ruisselle. Il rit, essuie ses larmes d'un revers de manche, se mouche dans un crevé de satin crasseux déchiré, autrefois rouge vif. Il se salue d'une révérence juste esquissée. Il siffle dans ses doigts comme pour appeler ses chiens. Bardolfe et Pistole, assoupis devant la cheminée, ne bougent pas plus que des souches. Bouche bée, ils ronflent comme des porcs. Les deux derniers fidèles ! Le dernier carré ! disent en chœur ces idiots, qui ne savent pas la géométrie, ou voient double à force de boire. Encore, s'ils se mettaient en quatre pour le servir ! Mais non, toujours à se quereller entre eux dès que saouls, ou à dormir et à le laisser seul avec soi, pauvre Falstaff.

Un rossignol chante dans le verger de l'auberge, le vent agite un rideau ; il faut vivre. Falstaff se reproche sa faiblesse d'un moment, son apitoiement, ce renvoi amer de bière, de morale, de honte, de haine de soi, cette mauvaise mousse. Voilà qui lui ressemble si peu. Avoir honte de son immoralité, c'est la première marche de l'escalier ; arrivé en haut, on aura honte aussi de sa moralité !

Il se laisse choir comme une masse sur un banc de coin du feu qui menace de se fendre en deux sous son poids. Combien de chaises cassées ainsi, à la Jarretière, combien de sommiers effondrés dont Mr. Quick, le bien nommé, s'empresse de porter le prix sur sa note au premier craquement ? Combien de tabourets ?

Du bout du pied, il trace dans la cendre un point d'interrogation. La semelle de sa botte grimace. Il grimace aussi.

Bouffon, lui ? Soit. Seigneur déchu, noble clochard, un peu tricheur, un peu truqueur, menteur beaucoup, goinfre comme pas deux, buveur comme quatre, ripailleur, rimailleur à ses heures, fin lettré mais qui aime à se vautrer dans le jeu de mots foireux, braillard et débraillé, filou, si vous voulez, voyou... Une épave.

Une épave ? mais magnifique alors, pareil à ces gros bouts de bois richement ouvragés que longtemps la mer rejeta sur les plages, après la défaite de l'Armada. Pour trois pence, des pauvres allaient les leur ramasser sous les falaises de Douvres, Chandos, Montagu, Sussex, Essex et lui. Ils avaient lancé la mode d'en décorer leurs chambres. Sirènes, angelots, dragons, lions, dauphins, séraphins, tritons, divinités marines dédorées par le sel : ils les collectionnaient comme on collectionne des antiques, ou galamment les offraient à la Reine. C'était il y a dix ans seulement. L'éternité, il lui semble.

Des rouliers qui portent la marée au marché poussent leur chariot dans la rampe, devant l'auberge, criant en cadence « Haha haha haha... » Comme pour commenter.

Va pour épave, va pour voyou, va pour filou ou pour fou ! Tout ce qu'on peut dire de lui, il se le dit lui. Et mieux que quiconque. Il pourrait en faire commerce, il irait de foire en foire produire sa grande carcasse et sa cocasserie, il monterait sur les planches et raconterait comme une bonne blague la calamiteuse histoire de sa vie aux badauds. Il est le roi du calembour et du contrepet, il les ferait rire et pleurer, il jouerait au mauvais esprit, au faux innocent. Il se moquerait des grands, il se moquerait de l'Heureuse Angleterre. Il serait Puck, mais énorme ! mais tonitruant ! Il serait craint et applaudi.

Blague à part, il y songe. Ce serait déroger ? Mais sous un masque et sous un nom de guerre, l'honneur serait sauf. Un faux nez suffirait... D'ailleurs, qu'est-ce que l'honneur ? Qui oserait reprendre sur son honneur Falstaff ? lui qui a vu ses amis de jeunesse courir en meute à la gamelle, se déchirer comme des dogues la viande des prébendes qu'on leur jetait de haut, se coucher comme des bichons aux pieds de la Reine pour avoir un ruban à se nouer sur la cuisse. Calomniateurs, délateurs les uns des autres, serviles avec le favori du jour, acharnés contre le courtisan disgracié… L'honneur d'un Dudley, qui acheva son épouse mourante pour avoir plus vite les faveurs d'Élisabeth ? L'honneur d'un Drake, qui, riche à millions après la victoire, a laissé ses valeureux marins sans solde devoir mendier sur les marches de Saint-Paul ? L'honneur d'un Sir Roger, qui, incommodé à la vue de ces héros affamés quand il allait prier, les fit, lui, disperser à coups de hallebardes par la Garde ? Ah ! ne vaut-il pas mieux déroger que Roger ? Un faux nez suffit pour l'honneur.

Il porterait un masque et, du haut des tréteaux, lancerait aux bourgeois leurs quatre vérités : aucune raison de les épargner plus que les grands seigneurs de la Cour. Lazzi et concetti pour eux aussi, fines plaisanteries à l'italienne… Ou il se déguiserait en ours, et jouerait alors au fond d'une fosse, où le bon peuple lui jetterait de la petite monnaie, pourquoi pas ? Des pence ou des pierres, selon.

Un mage venu des Indes, qui officie dans une cave à Holborn, prétend que tout homme a connu d'autres vies, avant, sous une apparence bestiale ; s'il dit vrai, nul doute que lui aura été ours pour de vrai dans une autre vie. Au Jardin-aux-ours, sa tendresse naturelle va au malheureux animal qu'on attache à un piquet dans l'arène et contre lequel on lâche les chiens de combat. Lui est toujours du parti de l'ours contre celui de ces molosses dressés à tuer. Le spectacle l'écœure : la noblesse humiliée de l'ours auquel on crève les yeux d'un coup d'épieu rougi au feu avant de le fouetter comme on fouetta Jésus, la liesse féroce des braves Londoniens. Ces boutiquiers ont la joie haineuse, on leur voit les gencives, ils aboient eux aussi, pour encourager leurs champions — « Tue ! Tue ! » De la bave leur en coule sur la fraise. Les paniers passent dans la foule, pour les paris : ces marchands, ces registres de comptes incarnés, ces avares pour qui un sou est un sou et qui ont un boulier à la place du cœur, voici qu'ils sont pris de folie : ils flambent, ils misent un shilling ! L'odeur du sang, les plaintes de l'ours les excitent. Leurs épouses, en chaleur, se tapent sur les cuisses et rient aux éclats, et injurient l'animal, qu'elles surnomment Le Pape, ou Sa Sainteté — « Pas de quartier ! » Le négoce londonien se venge à sa manière de son peu de poids au parlement, de l'augmentation continue des taxes, de l'abus des monopoles, des impayés exorbitants que lui laisse une noblesse toujours plus arrogante... Ou de Rome ! De ne plus aller à confesse avouer ses péchés. Le ressentiment fermente dans ces consciences qui ne peuvent plus se décharger des miasmes de la faute, cela pue comme un puisard jamais purgé. Cette canaille gémit de plaisir quand Sa Sainteté s'effondre enfin sur ses pattes arrière, que sa masse propre lui assène le coup de grâce en le pendant au collier de fer qui l'étrangle, maintenant. Cette canaille hue encore quand les valets d'arène traînent dans le sable la dépouille où les coups de crocs ont déchiré des crevés rouges semblables à ceux de son pourpoint en peau à lui, Falstaff — *Væ victis !* Y serait-il jamais retourné si le Jardin-aux-ours n'avait été aussi un lieu de rencontres pour les jeunes beaux en mal d'encanaillement sur la rive mal famée de la Tamise, le lieu à la mode où exhiber ses perles, ses plumes, et ses humeurs noires dernier cri ?

Un jour, dans un dernier sursaut de vie, et de dignité, un ours qu'on croyait mort d'épuisement après trois grandes heures de combat s'était redressé pour mordre à mort un des valets venus débarrasser l'arène de son cadavre. C'était un géant à poil noir, d'une espèce abruzzaise très pugnace, que l'entreprenant Henslowe avait fait venir à grands frais du Gran Sasso. Et, oui, Falstaff, réjoui, s'était écrié en roulant les r, italianissime :

« *Bravo, Orson' ! Bravo, Orson' caro ! Ancora...* »

Sur quoi, il avait trouvé le salut dans la fuite et la main-forte des mignons de Lord Somerset, qui avaient tiré l'épée pour s'interposer entre sa majestueuse personne au souffle court et ces épiciers, ces tenanciers de bouges, ces brasseurs et autres poissards en gros. Ce n'était pas assez d'assassiner des ours, cette roture voulait sa peau à lui en plus ! Cette racaille !

Ours, Falstaff l'a été une fois dans sa vie. À un bal donné par Lord Essex, ce fut sa fantaisie de se changer en ours. Il avait trouvé une peau à sa taille chez un fourreur de Clerkenwell, un empailleur lui avait fourni une face dépecée arrangée en cagoule : deux yeux en cul de bouteille au travers desquels le monde apparaissait glauque, convexe et angoissant comme dans un miroir de sorcière ; deux orifices aux narines, par lesquels il respirait assez mal ; un mufle au palais garni de velours rouge, qui le muselait. Pour lui donner du corps, il avait fallu bourrer l'habit de plusieurs pintes de sciure : à l'époque, qui le croirait aujourd'hui ? Falstaff était svelte, presque efflanqué. Et leste, aussi ! Habile danseur de branle, courante, sarabande, volte, passepied... Mais, ce soir, il devrait se passer de ces plaisirs. Impossible de lever la jambe, lesté comme il l'était. Démarche pataude et trébuchante, tenu en laisse par l'ami Montagu, il avait fait une entrée fort remarquée au bal. Et ce serait un supplice, il le savait : il suffoquait sous sa fourrure, il ruisselait, il mourait de soif. Mais pour rien au monde il ne se démasquerait de toute la nuit. Il éprouvait une sorte de jouissance dans sa souffrance : pouvoir grogner impunément des injures ursines à tous ces pairs du royaume qui le méprisaient peu ou prou, effrayer et attirer les dames, se sentir le point de mire de tous les regards, le clou de la soirée, les troubler tous par sa présence insolite, jouir de leur malaise, mais en jouir à l'abri dans sa peau, à l'abri dans son propre monde, chaud, vitreux, humide, velu, maternel — protégé de la méchanceté des hommes. À la fois dans le monde et retranché du monde. Seul, viril, invulnérable.

Il est Sir John Falstaff, six pieds de haut mais petite noblesse, de l'esprit à revendre mais pas un sou. Ses terres sont fieffées, le lion de son blason diffamé, et, lui, affamé, s'il ne fait le bouffon. Il n'est pas dupe : cette brillante société l'agrée dans la mesure où il l'amuse et la sert. Il sait coller des ridicules aux ennuyeux, trousser une lettre ou un sonnet pour ces lords qui n'ont pas la plume facile, jouer de la viole comme du virginal. Il donne des cours d'euphuisme aux précieuses qui se piquent de beau langage, il a l'intelligence de perdre à la paume quand il renvoie contre les susceptibles Essex ou Sussex, qu'il surnomme l'un et l'autre Sex, in petto. Lui ne met pas son orgueil dans ces balles-là, dit-il, tout en se caressant sa grosse brague capitonnée. Il est savant en bons mots équivoques, docteur ès grivoiseries et plaisanteries douteuses. Il est leur professeur de jeux et passe-temps, il leur apprend les divertissements nouveaux importés de France : le colin-maillard, la paille-maille, la marelle, la ramasse, la navette, le cailleteau, le pet-en-gueule, le je-te-pince-sans-rire, le tire-la-broche, la branle-mie, la chevèche, la chartevirade, la tirelitantaine, le clinmuset, le pas-vu-pas-pris, le perche-cocu, le qui-s'y-pique-monte-à-l'échelle, l'au-gay... Falstaff fait pour eux le rabatteur aussi, il va à la chasse aux oies de Winchester — entendez : les filles. Et s'il faut des canards à ces coqs, il sait dénicher le jeune berdache dans les tavernes à marins de Billingsgate. Lui peut aller patouiller dans le vice, fouiller dans la boue des bas quartiers : il porte volontiers la cuissarde haute, non retroussée, à la manière des cureurs de douves. Il peut satisfaire aux demandes les plus insolites : fournir une négresse, une bossue, une géante poilue comme un singe, un nain, un calfat et son seau de goudron, un sauvage des Indes occidentales ou orientales, un acteur travesti en reine Élisabeth, couronne et sceptre compris. Il est un bon ordonnateur des menus plaisirs de la bande : charades, danseries, déjeuners sur l'herbe, tournois de poésie galante ou de madrigaux, parties de barques sur la Tamise, avec gaffeurs à la vénitienne.

C'est le printemps de la vie. Les dames ont toutes seize ans et des myosotis dans les cheveux pour rappeler à leurs amants de ne pas les oublier ; les gentilshommes, des faveurs bleues qu'ils détachent de leurs chausses pour leur offrir en gage. Il fait si chaud ! L'air bruit d'insectes, le batelier laisse filer, la barque dérive doux dans les roseaux, et tangue. Une carafe passe de main en main. Les belles se sont endormies sur le tapis de poupe. À la proue, un sopraniste chante l'amour :

« L'été bouillait et ma dame avait chaud,
Pour quoi Amour vitement se débande,
Et du bandeau l'éventant bas et haut,
De ses beaux yeux excite flamme grande... »

Hélas, elle ne durera guère la saison des fredaines, des caprices, des légèretés. Sous peu, Falstaff sera chassé de l'Éden, ce monde élégant dont il discerne chaque jour un peu plus la laideur morale sous le masque, l'incivilité fardée de courtoisie, la brutalité déguisée en mignardise sucrée — du gingembre amer enrobé de candi. L'ours voit quels loups se cachent sous ces loups de velours dont ils s'affublent au bal, leur sourire est une grimace carnassière.

Devoir jouer la comédie lui pèse maintenant, et il a eu la maladresse de le faire sentir parfois. Il dit un peu trop leur fait aux lords, il rit trop fort de leurs mensonges, comme pour leur faire savoir qu'avec lui cela ne prend pas. Il ne sait plus bien dissimuler. Les portes de certains palais lui sont d'ores et déjà fermées. Puis ce sera au tour du cercle des intimes, la coterie ricanante de ces libertins qui se nommaient entre eux, à voix basse, avec des mines de conspirateurs, Gentilshommes de l'ombre, Mignons de la lune, Forestiers de Diane : Chandos, Montagu, Dorset, Somerset, Westmoreland, Essex et quelques autres. Tous plus ou moins embarrassés, désormais, quand ce balourd de Falstaff vient leur rappeler les titres fantaisie qu'ils s'étaient donnés, leur serment de faire front commun contre la vulgarité, contre le philistinisme d'une nouvelle noblesse qui s'adonne au commerce comme on s'adonne à l'opiat et s'enivre des cérémonies clinquantes de la monarchie Tudor, de la quincaille dérisoire d'un pouvoir qui n'est que pompe et pur spectacle — miroir aux alouettes. Sans que cela soit dit, et encore moins écrit, les Gentilshommes de l'ombre formaient une petite ligue d'esprits forts qui dénigrait tout gaiement et avait ses rites secrets. Bientôt, ils ne voudront plus, dans leur entourage, d'un témoin gênant de leurs frasques passées, de leurs folies. Les affaires du royaume les appellent — « la traffique », comme dit avec mépris Falstaff. Depuis quelque temps, eux parlent plus gravement, plus solennellement. Ils s'offusquent de son irréligion, font étalage de sagesse, et empeser plus raide leurs fraises gaufrées. Si près du but, une juteuse patente, un tabouret au conseil, une ambassade, voire le lit de la vieille reine, ils s'encombreraient d'une camaraderie ancienne qui ne peut que leur porter tort ? pour un gaffeur aussi fieffé que ses terres ? Ce pauvre pauvre Falstaff ! Ce mignon de la lune ! Cet idiot qui pense encore que la vie est un songe ! qui croit encore que l'homme doit habiter poétiquement la terre ! Cet impie ! Cet incorrect !

On ne lui pardonnera plus ses grossièretés, on ne rira plus de ses grasses plaisanteries. On ne lui saura plus gré d'avoir enseigné la marelle ni maquerellé, procuré des filles qu'on ne pouvait débaucher sous son propre nom sans déchoir, et paumé à la paume. On en arrivera à le trouver ennuyeux : Qui veut noyer son chien... La farce de l'amitié sera finie alors — rideau. Mais qui, en matière de sentiments, étaient les comédiens ? qui étaient les faussaires ? Et qui donna le plus ? Ceux qui jetaient l'or à pleines mains ou celui qui n'avait à prodiguer que sa pauvre personne, celui qui se donnait lui ? Qui a le plus de cœur ? Ces hommes qui poussent le monde à se baisser bas pour ramasser, ou le redresseur de torts par le rire, celui qui paie une pinte de bon sang à tout le monde ?

Falstaff le pressent, il sera celui qu'on pousse dans le bassin du parc au matin d'une orgie, celui à qui on fait répondre par un jeune page au sourcil impertinent, circonflexe, que sa seigneurie ne peut recevoir Sir John : « Le comte madrigalise céans... » Et Falstaff entend, de fait, dans une chambre haute toute proche, la brute habillée de brocatelle et de dentelles marteler tel un sauvage le fragile virginal, y aller comme à coups de massue tout en braillant un air à boire. Comme Robert Devereux, leur bon Rob, alias Bert, alias Bob, ou encore Bobo, naguère le plus familier des Forestiers de Diane, fait sonner maintenant en toute occasion son titre de comte d'Essex ! À l'issue du bal, les torches mouchées, les violes sous leurs housses, quand ne resteront plus que les amis d'autrefois, las d'avoir trop dansé, défaits par la chaleur et l'abus de xérès, beaux encore dans cet abandon de l'aube cependant, le comte tiendra à l'ours ce langage un rien ampoulé :

« Me plairait, John, que tu sois dorénavant le héraut non de mes hauts faits, mais de mes scélératesses passées. Tu t'étonnes ? Écoute, ami mal famé, j'ai décidé d'amender ma conduite, mais je te charge de médire de ma jeunesse en racontant partout la tienne. Vertu sans repoussoir ne se voit pas. Un diamant serti de vilain cuivre noirci brille plus que si monté sur or fin. Il est bon que tu fasses savoir quel débauché j'étais, afin qu'on sache mieux quel sage je suis devenu. En général, le repenti est plus loué que celui qui fut toujours juste et droit...

— En maréchal, aussi ! » plaisante Falstaff, délivré enfin de sa tête d'ours.

« Ha ha. Qui mieux que toi, mon brave John, peut feindre de saper ma réputation tout en servant à exalter mes qualités nouvelles ? Tu n'as rien à perdre, toi. Et je te sais assez subtil pour bien mener ce double jeu... On te donnera créance des pires horreurs que tu colporteras sur moi, mécréant ! »

Bobo est le plus franc parce que le plus pervers de tous, parce que le plus retors. Il ajoute :

« Je voulais que tu susses aussi...

— Que je te suce, Essex ?

— Assez fait le mariol ! Je voulais, dis-je, que tu susses aussi que tu demeureras mon ami...

— L'ami demeuré, oui ! Merci.

— Cesse de jouer au bouffon !

— Si je cessais, je ne serais plus Falstaff.

— Donne ta main !

— Vois ! c'est une griffe.

— Donne ta griffe, alors !

— En signe d'allégeance ?

— Non, d'alliance.

— Sois heureux, Devereux ! Je retourne à mes ténèbres... Adieu.

— Tu seras toujours mon ami. Mon frère. »

Des promesses, des promesses ! Mais Sir John sait qu'à sa prochaine visite il ne pourra plus même accéder à l'étage noble. Dès le porche d'entrée, il verra les deux hallebardes se croiser devant lui en X, dans un entrechoc sonore des fers, vif, sec, net, funèbre, qui signera sa condamnation : on ne passe plus — il le sait.

Encore heureux si un des anciens de la confrérie ne l'attire un soir dans un traquenard pour l'assassiner comme ils ont assassiné ce bougre génial, ce génial marlou, Marlowe ! Dans une taverne de Deptford, à la faveur d'une fausse querelle d'ivrognes, pour une ardoise contestée, un coup de poignard bien fiché dans l'œil — ran ! Pauvre Marlowe ! Pauvre cher Christopher, au cruel sourire si charmeur ! Pauvre Tamerlan des cœurs et des culs ! Pauvre poète disparu.

Aucune illusion à se faire. Mais, en somme, Falstaff l'avait toujours su. Imaginatif comme il l'est, il avait prévu sa chute, il les avait vues se croiser, ces hallebardes qui un beau jour, en effet, lui barreraient le passage pour de bon, s'il insistait. Alors, il était allé au-devant de son malheur, il l'avait anticipé ; il avait choisi le jour et l'heure de sa déchéance, il avait couru à sa perte sous la peau de l'ours. Avec une sorte d'allégresse. Lui qui autrefois avait déserté en Écosse, fui devant l'ennemi, contrefait le mort sur un champ de bataille pour n'avoir pas à se battre, il aurait du courage. La morgue des grands lui était devenue insupportable. Mieux valait se faire chasser avec éclat, pour de réels motifs, qu'étouffer plus longtemps dans la sciure des choses non dites et des faux-semblants. La brouille plutôt qu'un tel brouillard. Provoquer, pour provoquer la punition secrètement attendue. Avoir au moins cet avantage, dans la défaite, de jeter un défi. En dépit des apparences, ce monde des apparences l'avait toujours rejeté. Encore fallait-il l'éprouver en le regardant avec des yeux de verre... Il ne cesserait plus de le scandaliser, il ne cesserait plus de l'outrager — jusqu'à s'en faire bannir.

Falstaff ! Foutu bouffon... Plus appesanti par les souvenirs que par la graisse, il lui semble, il s'est relevé du banc de coin du feu. Du bout du pied, il remue légèrement les corps inertes de ses compagnons, qui cuvent leur bière :

« Bardolfe ! Pistole ! »

Les ronflements cessent. Suivent des grognements.

« Quoi ? » gémit Pistole, en soulevant une moitié de paupière.

Avec une grandiloquence comique, les yeux au ciel, Falstaff répond :

« *Eloï, Eloï, lama sabachtani ?* »

Peine perdue, l'autre se rendort.

Lui essaie de se rappeler les paroles d'un cantique qui déplore la solitude du Christ sur la croix :

« Il fut méprisé, il fut rejeté... »

Et puis ?

Mais il a un peu honte de cet attendrissement subit. Dehors, le coq chante. Falstaff va au fenestron ouvert sur la rue. Un coup de vent fait grincer sur son axe l'enseigne en fer de la Jarretière — une jambe nouée d'un large ruban bleu. Une odeur forte, de marée, le saisit : d'autres rouliers poussent un autre chariot dans la rampe — « Haha haha haha... »

## II

« Ce mien vivre encombreux... »

Dans quel poème ces quatre mots qui le hantent ? Il ne s'en souvient pas plus que des paroles du cantique. Poésie profane ou sacrée, il oublie tout, et ne sait plus prier ni rire. Le cerveau s'embrume, la vie tend à la vie animale. Perdrait-il la mémoire à force de boire ? Ou faute de sommeil ? Ses insomnies de fin de nuit : insomnie de l'ivrogne, insomnie du humoreux bilieux (*humorosus biliosus*). Insomnie du mélancolique. Mélancolique comme un ours en cage, mélancolique comme un chat coupé, mélancolique comme un lion devenu vieux, mélancolique comme le luth d'un amoureux ou le bourdon des cornemuses du Lincolnshire, mélancolique comme la vase noire des fossés de Moor ; il pourrait énumérer à l'infini les comparaisons noires et vaseuses avec son état maladif. Il ressasse. Il ressasse. Les aubes sont terribles pour le mélancolique.

Et que nul ne puisse l'imaginer malade ! On ne croit jamais au malheur moral des gros, on les croit protégés du mal par leur gras. Ils ne suscitent pas la pitié. S'ils sont farceurs, en plus !... On ne voit pas que leurs farces sont faites d'un reste de regrets, de nostalgies, de larmes non pleurées, de cris muets — du chagrin en hachis. Ils amusent, pourquoi les plaindre ? Ils se goinfrent, de quoi manquent-ils ?

Pourtant, un cœur bat sous ces vieux cuirs épais, râpeux, rugueux, éraillés, tannés par la sueur et la saleté, et qui lui font une seconde peau, une carapace dans quoi il macère mais qui le barde et le blinde, aussi, comme le défend son obésité : hauts-de-chausses en cuir, pourpoint en cuir à crevés de satin, gants à crispins, grandes bottes cavalières dont il se couvre d'un bout à l'autre de l'année. Dont il se couve... D'ailleurs, sauf à la guerre, s'habiller de cuir est un aveu de faiblesse ; un homme n'est jamais si viril que nu, notre fier héros, notre chevalier en chambre le sait dans son for intérieur. Mais choquer le bourgeois sous cet accoutrement de soudard n'est pas pour lui déplaire ; et intimider Mr. Quick. Aucune illusion sur soi cependant : un petit moi délicat, frileux, craintif se terre sous toute cette graisse et ce cuir. Un jeune animal apeuré. Aux abois.

Ah ! se trouver aux abois, coincé dans ce trou qu'est Windsor, fait comme un rat à l'Auberge de la Jarretière, avec trois semaines d'arriéré, ou quatre ? une misère. Et pour seule compagnie, Bardolfe et Pistole, ces gibiers de carcan et de pilori. À la fois pousse-au-crime et souffre-douleur, moitié compagnons moitié serviteurs, au total ses mauvais génies... Mais sa seule cour aussi, son seul auditoire ! Ne pas l'oublier, Falstaff : tu es leur roi. Roi sans couronne, roi dans leur seul regard, si vaseux, si vitreux ! mais roi.

L'est-il encore ? La connivence avec des pantins rabaisse aussi le tireur de ficelles. Ce genre de camaraderie nouée par défaut beaucoup plus que par choix sent la pourriture : on s'est contenté de qui voulait bien endurer encore sa minable compagnie, comme on se contente, au marché, des fruits blets vendus moins chers, à l'heure où le voyer fait replier les étaux, mais dont une bonne ménagère n'aurait pas voulu. Le fond du panier corrompt le dessus, les vassaux indignes avilissent leur suzerain. Ils le desservent en le servant. Bardolfe et Pistole l'assistent, certes : voleurs, maquereaux, béquilles ; ils chapardent pour lui, lui amènent une putain à l'occasion, le soutiennent tous deux quand il est trop saoul pour mettre un pied devant l'autre — mais qui se sert de qui au juste ? Ces deux voyous se sont trouvés, en somme, une couverture commode pour leurs mauvais coups : sa noblesse. Ils le font assez savoir quand ils ont affaire au shérif ou au constable : « Nous sommes de la suite de Sir John Falstaff ! Nous saisir serait offenser notre protecteur, et... » Ceci à voix basse, d'un air entendu : « Et, conséquence funeste, le sien, sans doute, le comte maréchal d'Essex. » Ah, canailles ! je les entends dire. Et Bottom, et Challow de gober, doubles buses ! Je te les poisserais, moi. Et vite ! Il fallait les laisser au carcan.

Sir John pourrait se plaindre comme le hideux Caliban, dont il a la monstruosité éléphantesque : « Moi qui étais mon propre roi, je suis devenu votre sujet. » Mais Caliban est trop fruste pour beaucoup en souffrir. Tandis que lui, Falstaff ! ce Caliban qui dissimule sous sa difformité l'esprit aérien d'Ariel... Il les regarde, dégrisé : Pistole, escogriffe un peu bossu, au nez en bec de perroquet, un bouc, la denture chevaline, la tignasse filasse, les yeux chassieux, de maigres jambes d'échassier dans des chausses à chier dedans, un héron ne mangeant jamais rien, son seul avantage ! et, au moral, un flemmard, avec toujours une mauvaise querelle sur le feu, mais qu'il ne mène jamais bien loin — par flemme ; Bardolfe, un poupon chafouin et rougeaud, couperosé, rebondi, plein de lui, un moine de caricature antipapiste, justaucorps et houseaux de bure, pas un poil au menton mais un gros cheveu sur la langue, et les autres coupés au bol, à l'ancienne mode ! Glabre de la conscience, aussi, franc comme une mule qui recule, peloteur furtif de gamines impubères, et cherchant la bagarre mais comme l'autre cherche querelle, peureux comme l'autre est flemmard... Quelle cour, Seigneur ! Quels hommes liges !

De rage, Falstaff se retourne, claque dans ses mains, tape du pied, s'écrie :

« Debout, les morts ! Assez sacrifié à Hypnos ! »,

ajoutant moqueusement en aparté : « Beau style, John ! »

À l'un puis à l'autre, il décoche un coup de pied en un endroit que le récent Édit de Décence interdit de nommer dans tout lieu de culte ou autre lieu sacré. Bardolfe et Pistole se redressent en poussant des cris de veaux qu'on égorge.

« Assez dormi, dis-je ! Le jour est levé, le soleil tourne...

— Imachine que fe foit le contraire, Falftaff : la terre qui tournerait autour du foleil ! fait Bardolfe.

— Affreux ! s'écrie Pistole. Nous ne tiendrions pas debout.

— Ça ne changerait rien pour vous, tire-au-flanc !

— Nous tomberions comme des chevaux épuisés au manège.

— Que la terre tourne ! Idée baroque comme la perle irrégulière... Revenez sur terre ! Ici-bas. Combien nous reste-t-il ? Qu'avons-nous pour vivre, c'est-à-dire boire et bordéliser ? Quick attendra pour son ardoise... »

Bardolfe, trésorier du trio, délace sa bourse :

« Deux shfillings, dont un d'Henri VIII, tout tordu, que pas une pute nous prendra. Et fix penfe... Non, fept !

— Et toi, Pistole ?

— Rien », répond ce dernier, lugubre, après avoir fouillé jusqu'aux coudes dans ses chausses bouffantes. « *Nada !* dit l'amiral duc de Medina Sidonia, revenant sans son Armada...

— Et son roi le chassa !

— Tu me chasserais, Falstaff ? Mais combien as-tu, toi ?

— Rien, non plus. Sauf le privilège de ne pas m'abaisser, si je le veux, à ces questions d'intendance...

— Nobleffe obliche ! »

Falstaff s'est laissé choir à califourchon sur un tabouret et, tenant haut une bride imaginaire, chevauche majestueusement un destrier désincarné dont il imite le son du trot en faisant claquer sa langue contre son palais. Maturité de l'homme : retrouver le sérieux qu'il mettait au jeu, enfant.

Mais ces questions d'intendance l'intéressent, quoi qu'il en dise. Il reprend : « Comment allons-nous nous recaver ?

— Descendre à la cave, celle où le taulier resserre son meilleur vin. Commencer à se le siffler... Après, nous aurons les idées plus claires.

— Impoffible ! fe Chuif a chanché toutes les ferrures.

— Il t'aura vu rôdailler nuitamment, l'autre nuit, comme un chat en chasse. Gare à Bottom, gare à Swallow !

— Shallow !

— Je dis : Swallow, il avale tout.

— Pour une hirondelle, il vole bas ! Je dis : Shallow, il est monté en grade mais il est au plus bas !

— Comme Bottom, instable constable !

— Si la cave est maintenant comme un coffre-fort, autant s'attaquer au coffre-fort.

— Oui, mais si on te prend, Pistole... », répond Falstaff, en achevant sa phrase par un geste de strangulation, la langue pendue comme à un pendu.

« Je dirai que j'agis aux ordres de Sir John Falstaff...

— Et je serai, moi, décapité ! ce qui est tout de même plus digne.

— Trop de viande ! Aucune hache ne serait assez large ni assez coupante, aucun bourreau assez fort pour trancher ce cou de taureau...

— D'ailleurs, tu ferais appel à Effeqf, Falftaff ! »

Constellé de postillons, Falstaff ne relève pas cette bouillie de commentaire. À quoi bon enlever à Bardolfe ses illusions, lui avouer qu'Essex serait le dernier à vouloir le sauver ?

« Assez extravagué ! Sérieusement, que comptez-vous faire tous deux pour nous tirer tous trois de ce mauvais pas ?

— Nous ne favons pas compter, tu le fais !

— Eh bien, il y a grand marché, aujourd'hui, il y aura toujours quelque chose à faucher à l'étal. Allons glaner, allons glander...

— Allons grappiller.

— Ce n'est pas voler que voler des marchands, c'est leur tendre un miroir. Mais il s'agit de bien autre chose que de piquer des pommes. Sommes-nous si gagne-petit ?

— Détrouffons, auffi ! Toutes fes bourfes, en

quelques coups de fifeaux, clac clac, f'est fait ! Piftole court vite...

— Toujours moi qu'on envoie au feu !

— Détrouffons touf enfemble.

— Pour fe faire affommer ? se moque Falstaff. Avec tous les hommes de Bottom autour, comme toujours les jours de grand marché. Et ces bourgeois que la soif du gain et la folie des achats rendent féroces comme des molosses ! Cela ne vous a pas suffi, deux jours et deux nuits de carcan sur la grand-place pour simple tentative de détroussis, l'an passé ?

— Sans boire ! sans boire ! sans boire !

— Mon cou f'en fouvient encore !

— Si Sir John ne s'était dévoué pour qu'on vous élargisse...

— Fois béni, Falftaff ! »

En vertu d'un privilège du seigneur, tombé depuis longtemps en désuétude mais non aboli, ouvrant droit à tout noble de se proposer pour subir la peine infligée à un manant en expiation de ses propres péchés, Falstaff avait demandé à se substituer aux coupables, sachant que le carcan municipal ne serait pas de diamètre assez large pour son cou herculéen. Certes, ce genre de troc dans le but de gagner une place au paradis puait les vieilles pratiques corrompues de l'Église romaine, les arrangements avec le ciel, le trafic des indulgences, la simonie, bref, toutes ces saletés que réprouvait la morale nouvelle, et Sir John ne manquait pas de culot ! mais enfin, le shérif

Shallow avait eu assez d'esprit pour en rire, et faire grâce. Seulement, défense de quitter Windsor tant qu'une amende de cinq livres ne serait pas réglée !

« Je vous ai sauvés du carcan, mais pas la moindre reconnaissance du ventre, péteux ! Pas la moindre étincelle dans vos cervelles brenneuses ! Du vent ! Vous ne trouvez rien ?

— Attendons mardi, veille de la Saint-Georges, il y aura chienlit, momeries, masques, on percera quelques tonneaux sur la place : plus facile alors d'agir, Falstaff ! La liesse... La bière... Nous serons déguisés, ils seront tous saouls. Ni vus ni connus, nous...

— Non. Ce serait encore de la petite semaine, de la petite bière ! Il nous faut penser à un gros coup. Définitif. J'imaginais... Cette nuit, j'imaginais... Changer de vie, une bonne fois. Changer la vie ! Partir, oui, partir ! Les aubes me navrent ici. Assez vu !

— Nous irions fifre en Écoffe !

— La riante Écosse ! En faisant le mort sur un champ de bataille, j'ai manqué m'y noyer, Bardolfe ! La terre est une mousse gorgée d'eau noire croupie. C'est l'Achéron, c'est le séjour des Morts !

— Tu offrirais allécheanfe à Ftuart, Falftaff : il recrute fecrètement des offifiers...

— Si secrètement que l'obscur Bardolfe l'a appris au fin fond d'un tripot de Windsor ! Autant aller se dénoncer au Grand Chambellan illico :

— Sa Seigneurie, nous passons outre Tweed, pour mieux trahir notre Reine...

— Mais ! si Jacques Stuart a fait alliance avec Élisabeth...

— Qui lui accorde une penfion de quatre mille lifres...

— Sans toutefois le désigner comme son successeur, et après avoir trucidé sa maman ! Panneau ! Sous toutes ces fanfares, je distingue, moi, le son du pipeau... Et puis, l'Écosse ! la guerre incessante des clans, la lande désolée, la pluie, les brouillards, la tourbe où on enfonce jusqu'aux genoux, les courants d'air chargés d'esprits maléfiques, les lacs couleur de bile où sommeillent des dragons qu'un rien réveille... Jusqu'à la rosée du matin qui soit noire, là-bas. Et le soir, le chant désenchanté des bergers et le déchant des cornemuses pour rappeler les troupeaux... Non non, *Bardolfino mio !* j'ai assez de mon climat personnel : brumes, regrets, vapeurs, crachins, chagrins, humeurs noires ; je suis une Écosse à moi tout seul.

— Une cosse !

— Tu peux parler, Pistole !

— Au pays de Galles, alors ? Les belles de Cardiff ont des yeux de velours...

— Aïe aïe aïe ! » lance Bardolfe, qui pince les cordes d'un invisible luth.

« Les belles de Cardiff vous invitent à l'amour...

— Je t'entends d'ici bafouiller en gallois, Bardolfe ! À Caerdydd ! Non, je pensais à la grande aventure hauturière...

— Plus cabotin que caboteur !

— Nous serions des gueux de mer, nous courserions le galion, nous écumerions les Indes ! la Barbarie !... »

Le tabouret cheval s'est changé sur-le-champ en hune de misaine dans l'esprit inventif de Falstaff. Il est vigie, penché par-dessus le bordage, la main en visière, scrutant l'horizon, devinant ce listel de vert sombre au loin — la terre ! La terre vers où les alizés poussent la caravelle ! palmes, flamboyants, jacarandas, ébéniers remuant doucement, là-bas, sous le vent ! récifs de marbre ! sables d'or fin ! peuplades nues prosternées devant ces dieux blancs et leurs chevaux harnachés, leurs armures étincelant au soleil... Oiseaux multicolores, toucans, couroucous, colibris, pies de paradis voletant dans le sillage du gouvernail, et non la triste sterne ou le cormoran criard qui hantent les rivages anglais... L'azur ! l'azur ! l'azur ! l'azur... Puis, l'arrivée, lente dérive sur les fonds blancs, voiles affalées, Falstaff !...

« Nous aurions de l'or et des efclafes pour nous ferfir...

— Nous rapporterions des pays poivriers du caoua, du cacao, des cacatoès...

— Qu'ès aco ?

— Du coco... De la gomme... Des épices... » poursuit Falstaff. Quand, tout à coup, comme un oiseau touché par une flèche en plein vol, il tombe, dégrisé, dans un découragement vertigineux, et soupire : « Ouais, pour finir épiciers !

Très peu pour moi. On ne part pas ! Du moins, pas si loin. À quoi bon ? Ailleurs est toujours pareil. Mais la nuit blanche m'a apporté une autre idée...

— ... noire ?

— Oille oille oille ! Une autre idée ! Tremblez, brafes chens !

— Je monte chercher mon casque !

— Ton cafque ? Il est à moi !

— Menteur ! Falstaff me l'a donné l'autre soir...

— Il me l'afait offert afant !

— Silence ! hommes de peu de foi ! tonne Falstaff. Écoutez-moi, voici l'idée, voici l'illumination : j'irai de foire en foire, sur un chariot comme en ont les troupes ambulantes, et j'y jouerai ma vie pour de l'argent ! »

Il s'est levé et se drape fièrement dans une toge immatérielle, esquisse une révérence à l'adresse d'un public encore virtuel. Bardolfe et Pistole en oublient leur querelle, ils ne peuvent tenir leur sérieux sous la menace du regard impérieux que leur jette Falstaff, ils pouffent à qui mieux mieux, ils en ont les larmes aux yeux. Ils n'ont jamais entendu propos plus fou dans la bouche de ce fou de Falstaff !

« Fir John Falftaff faltimbanque !

— Allant de foire en foire ! Idée foireuse. »

Ils suffoquent de rire. Falstaff retonne un ton plus haut encore, jupitérien :

« Silence ! »

Mrs. Quick, du fond des cuisines, crie aussi :

« Voici que le sabbat recommence ! Maudits... »

Des portes claquent, butées du talon, à la volée.

Falstaff se hisse sur le tabouret, ses deux amis ferment d'instinct les yeux, attendant le craquement fatal, attendant le fracas de la chute... Mais non ! le meuble tient. Et Falstaff tient debout, miraculeusement, sur sa minuscule scène improvisée, comme il tient à sa lubie. Changeant de voix, roulant les r, il joue au bateleur :

« Apprrrochez, gentes dames ! Apprrrochez, bons bourrrgeois ! Venez admirrrer, venez applaudirrr, crrréature prrrodigieuse, sujet d'univerrrsel étonnement... » Ici, roulement de tambour imité avec la langue, et vivats des deux compères, qui se prennent au jeu... « Sirrr John Falstaff ! »

Il reprend son ton naturel pour enchaîner :

« Je me présente : Sir John Falstaff. Près de six pieds de haut, deux cent cinquante livres bon poids, deux verges de tour de ventre ou presque...

— Presque une verge en dessous ! Presque... » fait Pistole, ricanant, en levant un piteux petit doigt recroquevillé...

« Tais-toi, Pistole, ou je t'assomme ! Tu me coupes mes effets...

— Bœuf, je ne vois pas ce que je pourrais te couper d'autre !

— Nom de Dieu !

— Du fang froid, Falftaff ! Tu ne faifis pas que f'est pour t'habituer à la méchanfeté du public de foire que Piftole t'apoftrophe ainfi ?

— Bien vu, Bardolfe ! Si tu flanches à la première saillie...

— De cheval !

— Bien, Falftaff !

— Je reprends : — Deux bœufs furent nécessaires pour me tailler un costume...

— Deux buffles !

— En effet. Mais il faut toujours qu'il commente, le bougre ! Est-ce que je t'ai sifflé ?

— Bien ! F'est comme fa qu'il faut répliquer aux groffiers perfonnaches. Bravo !

— Énorme comme un foudre mais point foudre de guerre ! Grand trousseur de jupons...

— Et de hauts-de-chausses, si un damoiseau passe à sa portée, pauvre oiseau...

— Je croyais que j'étais un bœuf ? Mais l'obèse baise, ma foi ! D'ailleurs, tu en sais quelque chose... fondamentalement, Pistole !

— Ah ah ! tu es sur scène, n'oublie pas ! tu ne me connais pas ! Rien de personnel !

— Et d'ailleurs, fpectacle interdit pour indéfenfe, prifon, fouet, et fetera...

— Je crains que Bardolfe n'ait raison, Falstaff. Pas de bougrerie !

— Je vais donc raconter mon histoire...

— Expurgée, je te prie ! »

Falstaff se fait grave :

« L'an de Grâce 1558, le jour béni qu'Élisabeth fut proclamée notre souveraine, ou le lendemain, je vagis mon premier cri dans la plus haute tour du vieux château d'Oldcastle, pour commencer ma vie par un pléonasme. Hélas ! je la commençais aussi par un meurtre : ma mère mourut en me donnant le jour, et ma naissance fut le premier de mes remords. Mon père, John, comme moi, et, comme moi, Falstaff, né sujet du septième Henri, vieillard chenu mais vert encore, en fut inconsolable. Les fils de son premier lit étaient tous morts, les filles aussi, et il aimait à la folie ma mère, Dame Amy, de trente-cinq ans plus jeune que lui, et dont je fus, suis, serai toujours le premier-né, et le dernier.

— (Je vais pleurer, Bardolfe !)

— (Fchut !)

— Mon père fut second grand écuyer de la Reine, Henri VIII *regnante,* et *vedovante,* charge qui, sous un tel roi, était, on en conviendra, riche en imprévus, sautes, rebonds à donner le tournis...

— Halte là ! Lèche-machesté, Falftaff !

— Lèche ?

— Lèse ! Laisse, Falstaff ! Continue ! Tu tirerais des larmes à Bottom !

— À peine avait-il retenu le nom de la nouvelle reine, il lui fallait en apprendre un autre ! Le premier écuyer sautait à chaque nouveau lit. Par fortune, mon père n'en avait pas : je ne dis pas de lit, mais de fortune. On le gardait donc, toujours second. Trop médiocre noblesse, trop modeste richesse : Oldcastle se dresse dans la plaine de Heathrow, plaine nue, plate, giboyeuse en sarcelles, grues, et gros oiseaux migrateurs, oies cendrées, oies mauresques, pluviers du Midi, hérons de Numidie... Quelques bécasses pour la bagatelle... Mais pas de blé, peu de bétail... Seul, le vanneau y est huppé ! La dèche pour le Falstaff ! Mon écu...

— (Voici qu'il nous reparle de son cul !)

— Mon écu, dis-je, fulmine Falstaff, mon écu vous dira tout, mes armes sont parlantes à leur manière : De gueules et de sable écartelé, lion diffamé issant en abîme... Pauvre lion deux fois coupé, écartelé, abîmé, dans le néant jusqu'à la ceinture ! *False staff* : fausse hampe, étendard auquel manque le manche... Ou *fallen staff* ? Mât démâté dans la tempête de la vie... Quoi, Quick ? »

L'interrompant net dans sa tirade, l'aubergiste s'est avancé, mélange détonant, explosif, d'insolence coléreuse et de crainte abjecte : œil fier, moue dédaigneuse, mais coude prudemment relevé en bouclier devant le visage, comme un écolier appelé à l'estrade pour y recevoir sa punition ; à la fois serf, victime geignarde des abus de la chevalerie, et bon bourgeois à cheval sur son bon droit.

« Mon tabouret, Sa Seigneurie ! »

Falstaff saute au sol à pieds joints, ébranlant si fortement le plancher que ses deux amis un instant craignent, ou — non — espèrent, le retrouver à la cave : plus de serrures à forcer au marteau pour s'adjuger alors le claret et le xérès !

« Tu viens encore, je parie, m'échauffer les

oreilles avec tes jérémiades, à propos d'une malheureuse note en souffrance ! Sordide lésine ! Pingrerie ! Comme si tu ignorais qu'il est plus aisé, plus digne, plus honorable, en un mot comme en cent : plus noble, de s'acquitter une bonne fois pour toutes d'une somme majestueuse que d'y aller goutte à goutte, penny à penny, en avaricieux ! Comme si tu ignorais qu'il est plus princier de donner cent que dix fois dix !

— Mais comme je redoute que Sa Seigneurie, à la fin, ne paie pas plus en gros qu'en détail... » s'enhardit à répondre Mr. Quick, tout en reculant d'un pas.

« Oh ! foutu... » s'écrie Falstaff en moulinant l'air comme le Matamore des pupazzi.

Bardolfe et Pistole se sont rapprochés, en féaux volant au secours de leur suzerain, froidement taiseux, la houle des épaules chargée de menaces, le regard orageux et qui vous toise, le mince sourire qui vous écrase comme le talon étale un étron sur le pavé — l'aplatit.

« Hôte, ôte-toi de mon soleil... » lance doucement Falstaff, en feignant maintenant de se calmer, de retrouver l'indulgence souriante que le seigneur doit aux humbles. « J'honore de ma présence ton taudis, et tu viens encore me harceler pour trente malheureux shillings...

— Soixante !

— Dans tes calculs de rat, tu ne comptes pas la réclame que te fait mon séjour sous ton toit !

— C'est-à-dire que vous en chassez ma meilleure clientèle, hasarde Mr. Quick, outré. Les honnêtes gens se plaignent. Vos scandales ont fini par lasser tout le monde...

— Nos scandales ? *Honni soit qui mal y pense !* N'est-ce pas la devise de ton enseigne ? Le bonhomme se hausse du col en accrochant la jarretière au-dessus de sa porte, puis vient mesquiner pour quelque trente...

— Soixante !

— Basta ! Va laver l'offense qui nous est faite en nous apportant à boire et à manger : quelques pichets de claret, une douzaine d'œufs au lard, deux poulets, un peu d'agneau... Tu t'en tires bien, je n'ai pas faim, ce matin, ta radinerie m'écœure.

— Non, non, et non, je vous coupe les vivres... » fait d'une voix de fausset, qui s'enroue tant il est ému, Mr. Quick, grisé de sa propre audace.

« Et nous, les oreilles, lance Pistole.

— Ou les... » ajoute Bardolfe, tranchant l'air du plat de la main.

« Ce rat n'en a pas ! » fait Falstaff, qui empoigne l'aubergiste et lui crie au visage : « Je t'emparoufle, je t'endosque à terre, je te rague et je te roupète, je te barufle les ouillais ! »

Plus affolé par la barbarie de ce langage inconnu que par la feinte violence du faux dur obèse qu'est Falstaff, Mr. Quick n'en résiste pas moins :

« Non non non non non non non... »

Accourue des cuisines, brandissant une pelle à feu, Mrs. Quick se rue sur l'agresseur de son mari. Bardolfe comme Pistole s'interposent mollement, la tirent par les jupes.

« Voyous !

— Voyelle ! » réplique Falstaff, esquivant la pelle. Et, à ses braves : « Mon épée, mon casque !

— Tu me l'afais donné à moi, mais fe chien de Piftole...

— Ah ! vous n'allez pas recommencer. Ces salades pour une salade cabossée ! Je vous la reprends à tous les deux, elle était à mon père. J'étais saoul, par hasard, l'autre soir, lorsque... »

Il s'est élancé dans l'escalier, mais la première marche cède sous son poids, se casse en deux. Toujours aussi excessif, il vagit de douleur quoiqu'il n'ait ni os brisé, ni blessure ouverte, ni écorchure... ni rien. Seul, le cuir de ses vieilles bottes s'est éraflé, et son sens du ridicule. Il crie comme crie un nourrisson pour qu'on s'intéresse à lui.

Mrs. Quick en a laissé choir sa pelle et rit aux éclats. Mr. Quick calcule mentalement combien il devra ajouter à la note de son hôte si peu payant, pose trois, retient deux, additionne, multiplie, recompte. Valets et servantes de l'auberge, attirés par le vacarme, font cercle autour de l'auguste Sir John — pauvre lion diffamé mais rugissant, issant d'une marche d'escalier en abîme.

Eh, quoi ? c'est un public qui en vaut bien un autre, et si moins raffiné, sans doute plus attentif que celui des représentations royales à Whitehall. Retrouvant tout son aplomb, Falstaff se remet à cabotiner pour ce parterre inattendu — inespéré :

« Cette Jarretière a été bâtie en mie de pain ! On enfonce là-dedans comme dans la vase noire de Moor ! Comme dans la tourbe mousseuse... Je suis en Écosse, tombé sur le champ de bataille... Mais, qui vois-je ? se récrie-t-il. Ce bon docteur Caius ! Venez-vous me rendre visite ? Soyez le bienvenu ! Vous tombez à pic... » Et de tendre son poignet au médecin.

Sauf que le Dr. Caius n'est pas venu pour consulter mais pour récriminer à son tour, pour réclamer contre Bardolfe et Pistole, lesquels, à peine l'ont-ils vu entrer dans la grande salle, ont exécuté un discret pas de volte panaché de passe-pied, en vue de s'esquiver, glissando presto, sur le parquet ciré, par la porte opposée.

« *Pulsus venarum non est legitur* », énonce le pédant en repoussant avec dédain le poignet du blessé imaginaire.

« Ξώ λόγος σημαινέτω ! » hellénise, en réponse, Falstaff, moqueur, l'air de dire : À pédant, pédant et demi ! « Comme on dit dans Sophocle : Explique-toi ! »

Valets et servantes écoutent bouche bée, mais Mrs. Quick fait bien vite retourner à coups de torchon son petit monde à l'office.

« Trop de gras autour, le pouls est imperceptible, explique le Dr. Caius. Le sang est lourd — *ponderosus sanguis.* Vous continuez de grossir,

Votre Seigneurie. Vous cassez les marches, à ce que je vois...

— J'agrandis mon royaume », dit Falstaff, très fier, en tambourinant sur son ventre du plat de la main.

« Je vous ai dit cent fois de vous faire purger !

— Je vous ai répondu cent fois que je ne souhaitais pas faire déborder la Tamise ! Tout y va, à Windsor. Et par les rues encore ! Pas d'égout ici ! Résidence royale, mais bourg merdeux, comme ses bourgeois ! Et puis, en somme, êtes-vous venu pour me bassiner, excrémentiel Caius ? *Caius cacaius* ! se met à tonitruer Falstaff.

— Non ! Mais pour vous demander réparation d'un affront et d'une offense de vos gens à ma personne...

— Allons bon ! Autre affaire ! Oh ! Assez ! Assez ! Assez ! »

## III

Quel sac d'embrouilles ! Falstaff, hissé hors de cette caisse que lui faisait la contremarche de la marche cassée, court vers ses acolytes qui prenaient la poudre d'escampette, mais auxquels deux solides gars d'écurie barrent la porte de derrière, et il les saisit au collet. Il faut que le procès soit équitable et, donc, contradictoire — *id est*, en présence des accusés.

Les faits ? La veille au soir, Bardolfe et Pistole, ici présents, auraient entraîné le sieur Caius dans un cabaret fort mal fréquenté, La Pigne, pour ne pas le nommer — « Ne notez, greffier, que l'initiale ! » —, et là, auraient fait boire le docte docteur jusqu'à plus soif.

Deuxio, seraient ressortis de La P. sans payer...

« Grivèlerie, donc ? Broutilles.

— Et l'eqfemple vient de haut !

— Attendez... »

Tertio, auraient fait entonner au docteur, titubant, des chansons impies atroces.

Quarto, lui auraient fait les poches, enfin, pour

lui voler, outre un mouchoir de batiste brodé aux initiales d'une dame ainsi compromise, hélas...

« Polisson ! » s'écrie Falstaff — puis à l'adresse de son greffier imaginaire : « Ne notez pas ces initiales-là.

— ... Lui voler, dis-je, trois vieux marcs et cinq shillings neufs. »

Voler Caius, soit ! Mais léser le trio et mentir à Falstaff ? Ainsi, Bardolfe aurait, une fois de plus, filouté sans recracher au pot commun, Bardolfe aurait joué solo, Bardolfe aurait bardolfé ? Il n'y a donc plus de morale chez les crapules ? Va ! tu ne perds rien pour attendre.

Mais, aussi, qu'est-ce que le Caius est allé fricoter avec ces deux malandrins notoires, tout juste délivrés du carcan ?

« *Asinus vulpem fricat ? Stultus est !*

— Nous étions dans le noir, plaide Pistole, nous n'avions pas de lanterne, nous avons suivi ce nez enluminé, Votre Honneur... »

Son Honneur pouffe dans le creux de sa main. Ce gros chat dans sa robe fourrée ancienne mode a le nez rouge et qui bourgeonne, à la Ghirlandajo. Il lève des yeux de martyr vers le plafond que lui cache son béret de taupe, large comme un plat à barbe. Saint N'y-touche, commente intérieurement Falstaff.

Et que sont donc ces chansons sacrilèges que le docteur prétend avoir été contraint de chanter par les rues de Windsor, en répétant très haut les couplets que lui chantonnaient bas à l'oreille les deux accusés, sous une pluie de chiquenaudes que lui décochait Bardolfe, et l'index de Pistole pointé comme un pistolet dans son dos ?

Oh, les paroles en sont trop affreuses pour que le docteur ose les citer, fût-ce à huis clos. Mais Falstaff insiste : il n'y a pas d'offense à rapporter des faits, si ignominieux soient-ils, dans une enceinte de justice ; on n'est pas ici en Espagne, ou en France. « Nul ne soit inquiété pour ses propos s'il témoigne devant la Cour. » Le juge exige des preuves, l'accusation de blasphème est grave.

À force, à force, le Dr. Caius se laisse persuader d'en chanter une au moins, à titre d'exemple. Ému comme un catholique qui soulage son cœur dans la pénombre ajourée du confessionnal, la gorge nouée, des larmes de remords et de honte dans la voix, qui détonne, il finit par entonner, entre haut et bas, l'étonnant *Joseph voit le poupon* :

« Joseph voit le poupon
Entre bœuf et ânon,
Ah non ! dit-il,
Ma dame m'aurait donc fait cocu ?
Non, dit la dame, j'ai mon hymen !
— Amen !
Quoi ? Je te l'aurais fait par le cul ?
— Jésus ! »

« Comment, comment oses-tu, comment oses-tu chanter devant moi de telles horreurs ? »

fait Falstaff, feignant d'en bégayer d'indignation. « Comment oses-tu... ? » Et il lui jette un gant au visage.

« Je venais pour un arrangement à l'amiable, crie le Dr. Caius, fou de rage, et voilà comme vous me traitez ! Vous avez dit : — Nul ne soit inquiété pour ses propos s'il témoigne...

— Pour ses propos, mais pas pour ses chansons, chien !

— Quelle mauvaise foi !

— Tu n'as pas eu assez de brailler la nuit dernière ces insanités par les rues de Windsor, de réveiller les honnêtes gens et d'offenser notre Sauveur ? Il faut que tu blasphèmes encore ?

— C'est trop fort ! Je cours de ce pas chez le constable ! chez le shérif ! Je déposerai plainte auprès de Sa Majesté — *Cum placet.*

— Tu te feras rire au nez, chevalier du Lavement, duc de la Purge ! Seigneur qui ne sait que saigner... Fous le camp ! Hors de ma vue ! Hors de la Jarretière, maison bien tenue par le très honorable Mr. Quick ! Même si les marches de l'escalier... craquent un peu. »

Le Dr. Caius, relevant sa robe comme fait une femme ses jupes, sort en courant. Bardolfe et Pistole tentent de s'éclipser sur la pointe des pieds pour échapper aux foudres falstaffiennes, mais Falstaff, qui a vu leur manège, lance :

« Vous ! j'ai deux mots à vous dire. »

Mais au moment où il va pour sévir, une nouvelle lame de mélancolie déferle en lui et l'atterre.

Il est épuisé comme un acteur au sortir de la scène après la grande tirade, le morceau de bravoure. Il n'a plus le ressort pour un nouvel acte : une dispute avec Bardolfe et Pistole. Et une angoisse molle, insaisissable, indéfinissable, et sans cause précise, il lui semble, sans objet, sourd en lui, s'insinue, le lancine, insiste : pincement au cœur, sentiment d'un grand vide intérieur, d'un grand vague, insidieuse envie de pleurer, vertige immobile, le souffle coupé. Comme ces réveils à la tombée du jour, après une mauvaise sieste d'ivrogne aux cauchemars peuplés de serpents venimeux, de salamandres, de dragons, de scorpions... Une mauvaise sueur qui détrempe ses cuirs. Dieu sait quoi.

Cette vie n'en est pas une. Querelles, vols à l'étalage, beuveries à en crever, ardoises, injures, méchantes blagues, tapages nocturnes et diurnes, clins d'œil à des bourgeoises ou à leurs filles : Falstaff a dépassé la mesure ces derniers temps. Il a dépassé sa propre démesure. Il pressent la chute. Il en appellerait presque de ses vœux la punition qui le délivrerait du Mal. Et ce sentiment qui lui ressemble si peu le sidère. Ce pressentiment.

Il se rappelle quelles cartes il a tirées l'autre jour quand il a voulu lire son proche avenir dans les tarots comme le lui avait enseigné le mage de Holborn :

le XVI, *La Maison Dieu,* arcane néfaste : le fou tombé du haut de la tour de guet dont les créneaux s'écroulent — laisser-aller fatal, désastre annoncé ;

le XII, *Le Pendu,* arcane néfaste : le pauvre pendu pendu par les pieds, tel Œdipe — erreurs de jugement, peurs, malchances, expiation des péchés ;

le XIII, *La Mort ;*

la carte non chiffrée, dite aussi XXII, la dernière, *Le Mat,* arcane néfaste : le fou, le vagabond poursuivi par un chien qui lui déchire ses chausses et lui mord les fesses — inconscience, inconséquence.

Résultante, le IX, *L'Ermite* : Rester chez soi, rentrer en soi, prudence.

Alors, Falstaff avait immédiatement tiré les cartes une seconde fois, et retourné les lames les plus fastes : VII, *Le Chariot* ; XVII, *L'Étoile* ; XVIII, *Le Soleil* ; XXI, *Le Monde.* Résultante : X, *La Roue de la fortune* !

Mais comment croire en un destin si lumineux, si glorieux ? D'ailleurs, le mage de Holborn ne l'avait-il pas mis en garde ? Il est extraordinairement périlleux de recommencer à tirer les cartes tout de suite après un premier tirage malheureux. C'est vouloir forcer son destin. Non, veuille ce qui t'advient ! Que le oui l'emporte ! Que cesse enfin l'éternel retour ! *Amor fati.*

Le mage indien de Holborn lui avait révélé aussi qu'il était né sous l'étoile Saturne.

« De quoi vous plomber la destinée ! »

Il pressent sa chute. Il devine ce qui va lui arriver maintenant. Il ne se trompe pas en imaginant que se trame une conjuration anti-Falstaff. La rumeur fétide court les rues fangeuses de Windsor. On se rassemble sur la place du marché, on murmure, on se jure vengeance à voix basse, on se glisse à l'oreille le mot de passe : « À mort, Falstaff ! » Il les entend d'ici. La chasse à l'homme est commencée — la chasse au Falstaff.

Il voit juste. C'est comme si tout le bourg s'était donné le mot. Le Dr. Caius, l'ourlet de martre de sa robe balayant le pavé, court porter plainte chez le shérif Shallow. Les Quick y vont de ce pas : c'en est assez des frasques de Falstaff ! Ils rejoignent place du marché le docteur, qui s'est essoufflé dans la montée. Mrs. Quick dit de quoi il retourne à Mrs. Fenton, qui achetait du poisson. Mrs. Fenton le dit à Mrs. Page, qui passe le mot à son mari, qui en parle à Ford, qui en parle à Disney, qui en parle à Bush, lequel alerte son épouse, laquelle en discutait justement avec Mrs. Fenton.

« Ce Falstaff et ses acolytes empoisonnent l'atmosphère de la cité !

— L'empuantissent, chère Mrs. Page !

— Et c'est lui qui nous traite de merdeux, sauf votre respect ! »

Ils vont sur-le-champ demander audience au digne Shallow, qui, entre nous soit dit, manque de poigne. Bottom, le constable, rencontré en chemin, ne sera pas de trop pour escorter leur ambassade. Mais quel incapable, celui-là aussi !

Qu'attend-il pour nous débarrasser de la racaille qui mendie au marché ? L'ordre n'est plus assuré. Que font les gens d'armes ? Pour commencer, on devrait bien fermer une bonne fois pour toutes le cabaret de La Pigne. Et cette maison, là... Vous voyez ce que je veux dire.

« C'est bien simple, je ne passe plus dans la rue avec ma Nanette. On y entend des horreurs, on voit ces filles aux fenêtres... »

La petite troupe se met en marche. Les femmes vont devant, tenant à pleines mains leurs bourses comme si on allait les voler ; leurs jupes, les violer. Jolies, quelques-unes, et joliment mises pour le marché, mais toutes cet air crispé qui les enlaidit — « La lèvre mince, signe d'avidité, signe d'avarice, dirait Falstaff. La narine pincée. De la vertu, sous ces vertugadins, mais sèche, et pas de cœur. Les putains ont plus de sentiment... »

Les hommes suivent, moins résolus malgré la mine satisfaite qu'ils se croient tenus d'arborer devant leurs concitoyens et des sourires de mercantis vantant la marchandise ; vaguement embarrassés par la tournure des événements, à cause d'un reste de respect très masculin pour la chevalerie ; ou la peur, qui est le commencement de la sagesse. Windsor est résidence royale, ne pas l'oublier. Mieux vaut ménager la susceptibilité des grands, leur amour-propre. Comme le sage docteur Caius, ils se contenteraient qu'on leur livre les deux hommes de main de Falstaff. Mais, ce coup-ci, le pilori ! Et sans remise de peine, privilège du seigneur ou pas.

« D'ailleurs, si Sir John les réclame : au pilori lui aussi ! puisqu'il l'aura demandé. Nous serons couverts. Et pas d'histoire de carcan trop étroit, le pilori le supportera...

— Pensez-vous, la roue cassera sous le poids !

— Ah, Bush ! toujours le mot pour rire !

— Le plus petit est le pire des trois. Celui qui bafouille...

— Bardolfe.

— L'autre jour, mon épouse passait avec notre fille devant votre auberge, Mr. Quick, n'est-ce pas, Meg ?...

— Oui, notre Nanette, et ce vaurien lui a fait comme ça...

— C'est à ne pas croire !

— Comme ça ! avec la langue. La pauvre petite en a été bouleversée. Elle a pleuré, pleuré...

— L'autre ne vaut pas mieux. Ce grand flandrin...

— Pistole.

— Ce n'est pas un nom anglais, savez-vous ? Pistole, c'est espagnol.

— C'est juif ! Tous les Espagnols d'ici le sont. Pas plus Espagnols que vous ou moi : Juifs.

— Et on laisse faire ! »

Les voici arrivés devant la porte de la maison du shérif, dont le heurtoir est une Justice aux yeux bandés, en bronze. On entend un piaillis d'enfants, une servante vient ouvrir. Mr. Shallow peut-il recevoir le Dr. Caius, Mr. et Mrs. Quick, Mr. et Mrs. Page, Mr. et Mrs. Fenton, Mr. et Mrs. Bush, Mr. et Mrs. Ford, Mr. Disney ?

« La pauvre fille ne se souviendra jamais de tous ces noms. Dis : le Dr. Caius et quelques amis... »

La chambre du bas est jonchée de paille, sur quoi s'ébrouent comme de jeunes chiots dans un chenil les neuf enfants du shérif.

« Dix dans quelques minutes ! Mrs. Shallow est sur le point d'accoucher... », annonce le shérif en accueillant ses visiteurs.

Il les précède dans l'escalier qui mène à une chambre lambrissée de fayard noir. Le magistrat débonnaire y donne audience sous l'œil terrible d'un terrible portrait de lui, en pied, œuvre d'un artiste local. Des gémissements proviennent de la chambre au-dessus. Les femmes trouvent à s'asseoir, les hommes resteront debout. Puisque le Dr. Caius a pris l'initiative, Shallow le désigne comme leur porte-parole. Mais c'est un tel débordement de doléances et de rancœurs trop longtemps contenues que la confusion s'installe très vite. Chacun y va de son grief personnel, à ajouter à la liste infinie des griefs communs contre Falstaff et sa suite. Falstaff a volé une pomme à l'étal, Falstaff aurait violé des demoiselles de bonne famille. Délits minimes et crimes odieux, tout est égal. C'est une bousculade de faits constatés en due forme par le constable Bottom, et d'on-dit aussi extravagants que la légende du Roi Conor. Falstaff serait l'Ogre, un dévoreur de pucelles et de puceaux, un étrangleur, un bandit de grand chemin, un joueur, oui, et avec cela, un sodomite, un athée, un blasphémateur, et, pire que tout, un mauvais payeur !

Le procès est vite instruit, le ton monte, on ne s'entend plus. Qu'on revienne un peu à la raison ! Chacun son tour ! Chacun son tour !

« Et des arguments solides, et fondés en droit, je vous prie. »

Cette condamnation par contumace ne dit rien qui vaille au shérif : il tient à ne pas s'aliéner un protégé du favori de Sa Majesté, Lord Essex — à ce qu'on dit, du moins, mais vrai ou faux, qu'importe ? Dans le doute, pas de vague : le fonctionnaire s'est toujours bien trouvé de s'en tenir dans sa conduite à l'adage auquel se conforme tout bon fonctionnaire. Louvoyer, atermoyer, y aller petite voile, piloter à vue entre les écueils... Les eaux sont basses, Shallow !

D'un autre côté, il ne peut se mettre à dos les bons bourgeois de Windsor, il ne peut se permettre l'impopularité. Il lui faut ménager la chèvre et le chou. Que faire ? Les hommes seraient plus compréhensifs : il leur est arrivé, à certains, d'aller se saouler un soir en compagnie de Bardolfe et de Pistole, au tripot de La Pigne, de disputer avec eux une partie de dés, ou de croiser Falstaff dans l'escalier de l'innommable maison de Heaven's Lane. Les rapports secrets à lui remis par Bottom le laissent sans illusion sur la moralité de ses concitoyens. Lui-même, sous la torture, avouerait qu'un soir... (« Pardonne-nous nos péchés, Seigneur, comme nous saurons pardonner à notre prochain... ») Mais ces prudes bourgeoises insistent : il leur faut Falstaff, mort ou vif.

« Satan l'habite ! Satan l'habite !

— Mrs. Bush !

— Ma chère ! »

Shallow tape du poing sur la table : qu'on se ressaisisse ! Falstaff mérite une bonne correction, rien de plus.

Dans le silence revenu, on entend la parturiente hurler de douleur à l'étage au-dessus. Le shérif jette un œil furtif à son portrait, puis s'efforce de prendre la pose impassible, solennelle, qui est la sienne sur le panneau de bois peint. Il s'éclaircit la voix : ce qu'il a à dire requiert une attention particulière, toute en finesse ; qu'on le comprenne à mi-mot — « *Intelligenti pauca* », dirait le savant Dr Caius.

Voici : il n'est pas Ponce Pilate, non, il ne s'en lave pas les mains, mais ses braves concitoyens lui accorderont que sa situation, entre l'enclume et le marteau, n'est guère enviable. Il y a de la haute politique là-dessous, et le Grand Chambellan a l'œil sur tout ce qui se passe à Windsor, résidence royale. D'autre part, il serait vain d'engager des procédures qui n'aboutiraient pas, ou, pis, auraient un résultat contraire à celui recherché, Sir John se retournant contre les demandeurs et les faisant condamner en haut lieu. Les petits n'ont rien à gagner de s'attaquer aux grands à visage découvert. Ruse vaut mieux que force, en ce cas : le renard mord le lion à la queue, non à la gorge... Tout cela pour annoncer qu'il veut bien leur livrer mais sans le leur livrer le coupable : il se contentera, il en donne sa parole, de fermer les yeux s'il devait arriver malheur à Falstaff — « Vu ? » Et Bottom saura demander à ses hommes de regarder ailleurs, au moment voulu — « Vu ? »

L'assemblée, pénétrée du sentiment assez effrayant de s'impliquer dans un complot, acquiesce sans un mot. Les bouches se sèchent, les mains sont moites. Mrs. Page, Mrs. Quick, Mrs. Fenton se mordillent les lèvres, Mr. Page et Mr. Quick ont les sourcils agités d'un tic nerveux. Le Dr Caius se gratte le nez. Mrs. Shallow crie toujours, à l'étage au-dessus.

« Reste, reprend le shérif, reste à trouver l'occasion. Il s'agit que les choses se fassent au grand jour... Attendez ! je m'explique : vous êtes tous ici d'honnêtes citoyens, vous n'allez pas assommer nuitamment Falstaff et ses hommes ; il s'agit que les choses se fassent au grand jour mais qu'on ne reconnaisse pas les... correcteurs. Eh bien, en vous parlant, m'est venue une idée : mardi, veille de la Saint-Georges et des grands défilés, il y aura, comme vous savez, chienlit, mascarade, brimades, momeries, bateleurs, et le reste. Quelques tonneaux percés... Donc, grande agitation, tout est permis ou presque, tout le monde peut se déguiser et se masquer. Bien évidemment, Sir John Falstaff, Bardolfe et Pistole seront de la partie. Vous, Bottom, vous surveillerez tout en laissant faire... Ces dames et ces messieurs seront déguisés et masqués, et auront un signe de reconnaissance à eux. Si jamais les choses devaient mal tourner, Mrs. Quick témoignerait pour Mr. Bush, Mr. Bush pour Mrs. Fenton, Mrs. Fenton pour le Dr Caius, et cetera. Avez-vous saisi ? » ajoute le shérif, la lippe satisfaite, les mains croisées sur le ventre. « Et maintenant, à vous de jouer. Disons que je n'ai rien dit. Que chacun, en sortant, fasse le serment sur cette bible de ne jamais révéler à quiconque le pacte qui s'est conclu ici aujourd'hui, et jure en silence, devant sa conscience, de ne jamais trahir. »

Mais un vagissement suraigu met le point final à l'insolite sentence. Et, du second étage, la sage-femme crie :

« C'est un garçon ! C'est un garçon ! Mr. Shallow, c'est un garçon... »

Les dames se ruent dans l'escalier pour aller admirer le nouveau-né. Dans la chambre où il vient de voir le jour, c'est un concert de louanges : Qu'il est mignon, ce couillon ! Quel joli petit ange ! Quel beau poupon ! Mr. Shallow tout craché !

Ces mégères en oublient Falstaff, et leur projet de vengeance contre l'engeance falstaffique.

À l'auberge de la Jarretière, le contumax morose qui avait deux mots à dire à ses acolytes ne se souvient plus desquels, ou, du moins, ne veut plus s'en souvenir, et les renvoie d'un geste las.

Dire qu'il s'est dévoué à eux jusqu'à se proposer pour une mise au carcan !

On n'est jamais si bien puni que de ses vertus.

# IV

« Où courez-vous ainsi, Mrs. Dalloway ?
— Chercher de quoi fleurir notre bal...
— Quel joli temps pour la Saint-Georges ! »

L'allégresse est dans l'air, le ciel bleu tendre, les cloches sonnent à la volée.

On cure, on récure, on astique. Gare ! un tonneau mal calé dévale la grand-rue ; le pavé, en bas, sera lavé à la bière. Sur la place d'armes, les hommes s'exercent à marcher au pas cadencé, en rang par six, pour défiler demain en l'honneur de la Monarchie, de Sa Majesté la reine Élisabeth, de la Glorieuse Angleterre. Fifres et bombardes ne jouent pas à l'unisson, on s'injurie, on recommence — deux fois, trois fois, dix fois ! Bottom : « Au temps pour moi ! »

Les chariots des comédiens sont arrivés hier au soir, les mimes, les acrobates, les bateleurs, les enfarinés, les clowns, Sir Somebody et Sir Nobody. Une brime s'organise près du lavoir : des garnements ont volé un drap à une lavandière, sur lequel ils font sauter en l'air ce pauvre Bud, l'idiot de Windsor. Le Sauvage, habillé de feuillage et monté sur des échasses, effraie les enfants avec sa crécelle. Des grandes personnes déguisées en nourrissons vagissent à qui mieux mieux. Des malappris sont allés chier dans le lit du Dr Caius. Les péteurs tirent en mesure de longues salves de pets. Le Cheval-jupon caracole dans la foule.

Quelques puritains essaient bien de gâcher la fête : juchés sur des bornes, ils haranguent les passants, ils promettent l'enfer à qui se livre à ces momeries, ces diableries, ces indécences païennes. Il est impie de se masquer, de contrefaire les animaux, d'imiter leur cri. L'Antéchrist est dans les murs de Windsor ! L'Apocalypse est proche ! Mais personne pour écouter ces imprécateurs. On ne les injurie pas, on les ignore. Ou, pire, ils font rire comme les péteurs et les chieurs en lit. Comme Sir Somebody et Sir Nobody.

Nanette crie qu'elle aussi veut aller s'amuser. Mais Mrs. Page la gardera recluse à double tour dans sa chambre, sous la surveillance d'une servante, jusqu'à demain soir. Pourtant, une fille de Mrs. Fenton sera sur le chariot du Triomphe de l'Angleterre pour incarner, dans une belle robe de taffetas blanc et or, La Vertu. Et la petite Susan Ford, qui n'a pas treize ans, pour y figurer La Domination des mers, en taffetas bleu Tudor — il n'y a pas de justice ! Oui, mais, Mrs. Page ne peut l'avouer, elle a trouvé ce matin, glissé sous la porte, un billet doux adressé à sa fille signé Bardolfe. Le culot de ce... ! Une bonne raison de plus pour aller le corriger, lui et son Falstaff ! Et le grand blond, le Juif, là... Pistole ! Et quand Mrs. Page dit : corriger !

Elle sort retrouver Mr. Page et les autres conjurés chez un fripier qui fournit Windsor en déguisements et masques. Ils ont réservé tout un assortiment de costumes de fées : de quoi se métamorphoser en elfes, nymphes, sylphes, nixes et autres divinités des eaux ou esprits des bois. Ces bons bourgeois s'amusent à s'attifer de soie semée d'étoiles et de lamé d'archal comme des enfants qui auraient trouvé au grenier un coffre plein de vieilleries. Les masques, surtout, les enchantent : crapaud, libellule, pipistrelle, musette nocturne, hibou...

« Tenez ! pour vous... » dit étourdiment Mrs. Bush, en tendant à Mr. Ford un massacre de cerf dix cors — allusion inconsciente à l'infidélité notoire de son épouse.

« Comme c'est aimable à vous », répond aigrement Mr. Ford. Mais, tous, de rire alors. Il en faudrait plus pour dissiper leur bonne humeur. La perspective de l'expédition punitive les grise, ces cœurs de lion qui s'ignoraient.

Bottom arrive enfin, en sueur, essoufflé, lassé d'avoir fait répéter la parade à des crétins incapables de compter jusqu'à deux. Oublieux de sa dignité de constable, il choisit de se coiffer d'une peau d'âne. Il lance quelques ruades, brait de retentissants hi-han. La bande est au comble de la joie. Le Dr. Caius a fière allure, lui aussi, costumé en sauvage, un pagne en tigre noué sur sa robe, et brandissant une massue qu'il proclame son « casse-Falstaff ».

« Chchch ! » lui intiment mystérieusement elfes, nymphes, sylphes et nixes.

« Quel gaffeur, ce Caius ! »

Ne manquent que Mr. et Mrs. Quick : ils avaient trop à faire à l'auberge en ce jour de réjouissances, ils n'auront pas moins de dix tablées à midi. Mais ils peuvent ainsi surveiller Falstaff. Dès qu'ils le verront sortir, ils enverront un gamin prévenir la bande de se préparer à l'assaut. Sus au Falstaff !

À la Jarretière, les tables de cuisine croulent sous un amas de viandes, tourtes, galantines, cochonnailles, et la cour arrière est un Azincourt de chapons, cailles, pigeons et poulets auxquels on a tordu le cou. L'air est neigeux de plumes.

Falstaff ? Il contemple le ciel par le carreau ouvert. Il écoute les cloches carillonner. L'air est frais. Il a un gobelet de vin blanc en main. Il s'est fait raser hier par le barbier, parfumer au vinaigre de rose. Il se sent fort, ce matin, heureux sans motif — autrement dit, heureux, justement : le bonheur vrai est toujours sans raison. La joie n'est pas ce qu'on cherche, mais ce qu'on trouve. Je me croyais en enfer, donc j'y étais.

Sir John va sortir faire le tour des jongleurs et des funambules, lutiner les filles, butiner, faire son miel de tout. Et, foutre ! foutre, si possible, foutre, Falstaff !

Deux vers lui reviennent en mémoire, les deux premiers vers d'*Aethelbert,* la grande tragédie en cinq actes qu'il s'était promis d'écrire à quinze ans mais ne mena jamais plus loin que cet incipit :

« — Je suis, Dame, le preux à la grande flamberge !
— Du séjour de mes yeux, Seigneur, fuyez la berge... »

Il rit. Et puisque tout déguisement est autorisé aujourd'hui, lui vient la fantaisie de se coiffer du casque paternel, qu'il a repris à ses deux hommes liges.

C'est une salade à visière et bavière, surmontée d'une tête de Méduse sculptée apte à pétrifier ces bourgeois qui festoient. Cabossée par l'estoc ici et là, mais encore assez saisissante quand elle brille au soleil. De la meilleure forgerie de Soleure, en Suisse, un des seuls luxes solides que se soit jamais permis Sir John père, grand second écuyer de Catherine d'Aragon, de la brève Anne Boleyn, de la plus brève Jane Seymour, de la plus fugitive, encore, Catherine Howard... Et d'Anne de Clèves. Et de Catherine Parr. Malheureuses épouses de Barbe-Bleue Tudor.

Ah ! et maintenant, son épée ; son épée qu'il glisse simplement dans une longue étole de velours nouée sur ses hanches, faute d'un baudrier à sa taille.

Le preux à la grande flamberge, ravi comme un enfant au carnaval, hèle ses vassaux :

« Bardolfe ! Pistole ! »

Mrs. Quick, dès qu'elle voit les trois hommes sortir de l'auberge, envoie en messager chez le fripier son mitron, Thom, qui court vite. La chasse au Falstaff peut commencer.

Bavière baissée, visière levée, Falstaff s'avance d'un pas martial et satisfait sur la grand-place, flanqué de ses deux gardes du corps qui envoient, du bout des doigts, des baisers aux demoiselles, quand il entend des huées, des sifflets, qu'il croit d'abord adressés aux acrobates ou aux mimes — il se retourne, reçoit en plein visage un paquet de boue.

« À moi ! » crie-t-il.

Mais Bardolfe et Pistole sont aux prises avec quatre hommes masqués, et plusieurs femmes, aussi ; ils se débattent d'entre leurs mains, s'en délivrent enfin, et s'esquivent en courant, abandonnant leur chef à son sort.

Falstaff trébuche. Il s'est pris les jambes dans son épée, l'étole s'est dénouée, l'épée tombe. Des nixes, des nymphes, des sylphes, des elfes le bousculent, le harcèlent, s'acharnent sur lui. Un cerf dix cors le charge, lui enfonce son andouiller dans le ventre ; il tombe lourdement. Il essaie de se relever, on lui décoche des coups de pied bien ajustés entre bavière et visière. Une arcade sourcilière éclate, le sang coule sous sa salade, il n'y voit plus, il a trois dents de devant cassées. Il bafouille à la Bardolfe :

« Au fecours ! Au fecours ! »

Il appelle sa garde, mais en vain. On rit autour de lui. On lui crie :

« Satan ! »

Méduse s'est détachée de son support et roule sur le pavé. Des enfants s'en font un palet, improvisent une marelle.

« Là le Ciel, là l'Enfer... »

Falstaff se relève une nouvelle fois, souffle coupé. Et maintenant, il court, il court devant lui, au hasard, aveuglé par le sang. Le cœur est près de rompre. Un point douloureux lui vrille le thorax. À peine s'il respire encore, en dévalant une rue qui mène à la Tamise. Des pierres ricochent sur son casque. La meute des esprits le poursuit toujours. C'est l'hallali.

Il est au fleuve, enfin. Il s'avance, vacillant, sur un ponton vermoulu auquel sont amarrées des barques. Une planche s'effondre, il tombe à l'eau entre deux barques, heurte le fer d'une proue ; sombre.

« On ne le voit plus, il s'est noyé, fait Mrs. Page. Bon débarras ! »

Le Dr. Caius jette sa massue de sauvage, et juge spirituel de s'écrier : « *Ite missa est.* »

Mr. Quick trouve à dire pour toute oraison funèbre :

« Ce chien m'a refait de soixante-sept shillings et onze pence. »

La mort n'est qu'un peu de soleil dans l'eau froide, un simple reflet, ce scintillement infini.

# V

« Que nenni ! point ne me suis noyé, point ne suis mort... » dira plus tard Falstaff, affectant, pour raconter son atroce mésaventure, de parler le langage désuet et fleuri des preux dans ces vieux gros romans de chevalerie qui avaient enchanté son enfance et dont il ne se cachait pas d'aimer toujours le merveilleux, les absurdités, les excès : courages surhumains, fidélités éternelles, infidèles occis par milliers en un jour, mécréants assommés à la masse, vierges immolées par le fer ou le feu, belles plus sages que Pénélope, chastes nuits d'amour dans des jardins ensorcelés, épreuves, exorcismes, dragons au cou tranché d'un seul coup de dague, paladins magnanimes et sordides félons, noires trahisons et charités sublimes, méchants punis et bons récompensés à la toute fin, anges gardiens, fées, sorts, chimères, charmes, philtres, emphase, euphémismes, hyperboles ; prose aussi pompeuse que naïve, où il plongeait avec délices, oubliant l'heure, et ses devoirs de page ; littérature aujourd'hui méprisée par ces fameux *Literati*, théoriciens au cœur sec qui font la loi dans les lettres, à Londres.

Il faut que toujours il bouffonne, qu'il s'en tire par des pirouettes et des bons mots, qu'il raconte le pire qui ait pu arriver à un homme en faisant encore rire de lui. C'est là son élégance à lui. Il résume comme faisait l'auteur de romans de chevalerie au début de chaque chapitre : « Où l'on voit notre héros lapidé et noyé par des vilains se sauver des eaux tel Moïse, revenir à lui, et ce qui s'ensuivit... »

Il prétend aussi que sa bedaine et son pauvre esprit gonflés de songes creux lui ont permis de flotter comme une bouée ; ses vieux cuirs, de tenir dans ce bain glacé et boueux, de ne pas mourir de froid. Et le plus fou est qu'il dit vrai.

Mais, élégance aussi, il tait avec pudeur le calvaire que furent ces heures qui suivirent, ses terreurs, ses souffrances. Du reste, quelques heures de sa vie sont à jamais effacées : ce fut un long évanouissement après qu'il eut réussi à reprendre pied, à agripper un pieu, à se dissimuler sous le ponton, puis, quand il n'a plus entendu ses bourreaux, se laisser dériver pour échouer sur la berge, dans les roseaux, se caler dans la vase graveleuse, poser sa nuque casquée sur une grosse pierre qui lui maintiendrait la tête hors de l'eau.

Il avait si profondément perdu connaissance qu'un roitelet se posa sur sa bavière ; des mouches, sur ses lèvres et ses paupières ; il ne sentait rien, ne bougeait pas.

Quand Falstaff revint à lui, le soleil était déjà bas, la Tamise ocellée de rose et d'or. Sur son visage, le sang et la boue avaient séché, le masquant entre visière et bavière, d'un loup argileux, dur, douloureux.

Ce fut sa première pensée, l'épouvante le saisit : ses assassins allaient revenir pour l'achever. Il fallait se cacher, attendre la nuit. Il se redressa, s'assit, enleva son casque. Il parvint à se hisser plus haut sur la rive, plus au sec. Il frissonnait, dévoré par la fièvre. Il entendait des rires dans le lointain, des cris, des chansons, des salves d'arquebuses.

Il revoyait les esprits le malmener, le crapaud, la libellule, la pipistrelle, le grand hibou qui lui avait décoché ce coup de pied au visage, le sauvage à la massue qui ressemblait au Dr. Caius ; des soleils tournoyaient devant ses yeux tandis que la nuit tombait. Il délirait maintenant, il était fou. Aux soleils, succédèrent des chiffres romains, un XVI, un XII, un XIII, un XXII, disposés en rond comme sur une horloge sans aiguilles ; une tour de guet s'écroulait, on pendait un homme, un chien aboyait après un vagabond et lui déchirait ses chausses ; la Mort venait, fauchant tout devant elle. De brefs accès de lucidité augmentaient son désespoir : Falstaff saisissait alors le sens de ses visions, et qu'il avait eu tort de vouloir lire son destin dans ces cartes aux couleurs criardes — jaune, rouge, bleu. Il se disait qu'il était damné ; puis, qu'il aurait dû mieux interpréter le message que lui adressait l'arcane IX, *L'Ermite* : demeurer chez soi, rentrer en soi.

Oui, c'était cela, il comprenait à présent, il en aurait pleuré de joie, il comprenait : il devait retourner chez lui, à Oldcastle, ou ce qu'il en restait. Si ses terres ne lui appartenaient plus en propre, les pierres étaient toujours à lui, et quelques arpents alentour, outre un droit seigneurial de passage, inaliénable — les parchemins faisaient foi. Qui logeait encore là-bas ? Sa vieille nourrice, quatre ou cinq valets, quatre ou cinq filles de peine, quatre ou cinq chiens, un cheval, s'il se souvenait bien. Mais il y avait aussi ses livres, ses romans de chevalerie, ses poésies latine et grecque, sa musique, son virginal, sa viole... Il y aurait du feu dans la cheminée, un lit fait. Allons, Falstaff, lève-toi !

« — Je suis, Dame, le preux à la grande flamberge !

— Seigneur, fuyez la berge... »

Heathrow n'est pas si loin de Windsor. En allant droit devant lui, il parviendrait bien à Oldcastle, à son lit. Du feu dans la cheminée... Il s'agissait seulement de se mettre debout.

À son étonnement, il y réussit.

Il commença à marcher à travers champs. Un engoulevent roucoulait dans le crépuscule. Puis, un chat-huant hulula comme pour annoncer la nuit noire. Les premières étoiles apparurent. Des chiens aboyaient dans l'obscurité. La lune, pleine, se leva plus tard, peuplant l'immensité de fantasmagories blafardes et de créatures infernales. Des arbres venaient au-devant de Falstaff, des démons agitaient les frondaisons. Il voyait dans un rocher un manoir — son manoir. Un lièvre détala entre ses pieds, ou le Diable, comme un diablotin jaillissant d'une attrape à ressort. Il arriva à un semblant de chemin qui, peu après, devint route. Sa folie l'avait repris. Il pleurait, il vociférait, il chantait des chansons d'ivrogne, il déclamait du Virgile, du Dante — « *Nel mezzo del cammin di nostra vita...* » Était-il au milieu du chemin de la vie ? Était-il mort ? Il se mit à parler à sa mère, morte en lui donnant le jour, la belle Dame Amy, dont il n'avait pour se souvenir qu'un portrait miniature en émail. Il maudit Bardolfe et Pistole de l'avoir fait boire, puis abandonné. Il maudit Montagu, Chandos, Mountjoy, Somerset, Westmoreland, Salisbury, Essex, Sussex, Sa Majesté !

Il tombait souvent, se relevait, retombait, se relevait encore.

Quelle était donc cette chanson des mercenaires suisses que lui avait enseignée son maître d'escrime ?

« Notre vie est un voyage
Dans l'hiver et dans la nuit,
Nous cherchons notre passage
Dans le ciel où rien ne luit... »

Notre vie est un voyage au bout de la nuit.

## VI

Alice crie d'effroi : un homme est là, couché en travers du porche, un ogre ; et son chat s'est blotti au creux de ses cuisses, à l'abri de son ventre énorme, et ronronne comme si ce corps inerte lui appartenait. L'ogre est mort, ou tout comme. Au chenil, les chiens grondent ; à l'écurie, le cheval hennit. Mais Moth ne peut les entendre. Alice s'enhardit, s'approche du blessé, chasse Sacripant. Elle reconnaît Falstaff malgré les plaies et la boue séchée qui le défigurent. Elle appelle Mary :

« Ma tante ! Ma tante ! Notre maître, tout esquinté... Viens ! »

La vieille nourrice accourt. Elle s'accroupit auprès de ce grand enfant, de ce colosse qu'elle allaita il y a quarante ans. Elle le soulève aux épaules, l'enlace, lui tient le buste serré contre son ventre : il respire encore, il dort ou il est évanoui. Que lui est-il arrivé ? Des voleurs lui auront demandé la bourse ou la vie, et valeureux comme il est, et fier, n'osant pas avouer qu'il n'avait pas un sou sur lui, le malheureux aura préféré résister, à un contre dix ! à un contre douze ! Tel est Sir John... Et la route de Heathrow n'est plus sûre depuis qu'il est parti d'Oldcastle : la canaille de Hatton, de Hounslow, de Feltham ose venir jusqu'ici dévaliser les gens et voler les chevaux.

Au lieu de se livrer aux plaisirs de la fable et de l'épopée, Alice, esprit un peu moins exalté que sa tante, pense à courir réveiller Kate, la souillon qui dort sur la paille au grenier, et Moth, le lad sourd-muet : qu'ils viennent les aider ; ils ne seront pas trop de quatre pour soulever le corps de leur seigneur et le porter au-dedans.

En effet. Ce n'est pas une mince affaire que de transporter cette masse gémissante. Et Mary, Alice, Kate et Moth manquent de le laisser tomber en l'entendant jurer soudain, puis appeler au secours : « À moi ! À moi ! » Ses yeux se sont ouverts et fixent, écarquillés, un point dans le vague. Il crie : « La Mort ! »

La souillon laisse tomber le mollet botté, qu'elle tenait à deux mains — pour se signer. Alice la houspille : on n'est pas plus sotte ! Mais tous quatre, en vérité, sont aussi effrayés.

Ils le sont plus encore quand Falstaff, retrouvant subitement toute sa lucidité, et se souvenant des noms de ses chiens, leur lance d'une voix forte :

« Zerbin, Rodomont, Médor, Maubin, Ferragus ! »

Les chiens, enfermés au chenil, cessent immédiatement d'aboyer.

La porte étroite des cuisines... La salle d'armes...

L'escalier... La chambre, enfin... Au bout de tant d'efforts, la vieille nourrice, sa nièce, la souillon, le lad parviennent à allonger le blessé sur son lit. Mary va lui apporter un bouillon ou, mieux, dans une infusion de camomille, une dose d'essence de violette à réveiller un mort, tandis que sa nièce s'occupera d'une bonne flambée dans cette cheminée — « où il n'y a pas eu de feu depuis le Déluge ».

Les femmes demandent par gestes au sourd-muet de les aider à déshabiller Sir John. Les chausses sont déchirées aux fesses ; un chien aurait donc réellement mordu au derrière ce mat de Falstaff ? Falstaff se laisse faire comme un nouveau-né, ses yeux grands ouverts sur les mystères du monde : ces deux colonnes torsadées sont les colonnes d'un temple, il lui semble, et une estafilade déchire le ciel bleu, ouvrant une mince brèche sur un au-delà barré de grosses poutres : deuxième ciel ? septième ciel ? Septième et plus haut des cieux après ce ciel de velours bleu ? Le paradis ?

Il geint doucement, la soif le dévore, ses lèvres sont desséchées ; son souffle, sifflant. Il ruisselle de sueur mais tremble de froid. Mary et Alice le couvrent d'une peau d'ours, le font boire, lui lavent le visage avec le linge le plus fin. Elles ont renvoyé Kate et Moth à leurs occupations habituelles.

Voici que Sir John recommence à crier : « La Mort ! La Mort ! » en levant le bras gauche comme s'il se protégeait le visage au moyen d'un bouclier. Dans sa démence, il réclame maintenant son armure, une épée ; il veut se battre. La nourrice essaie de le raisonner, au risque d'attiser sa rage vengeresse. Alice est d'un autre avis : il lui semble que le mieux est d'entrer dans son jeu :

« Si Sir John veut son armure, il faut la lui apporter... »

Elle descend à la salle d'armes. En trois allers et retours, elle apporte à Falstaff une rapière et les diverses pièces d'une lourde maximilienne. Comment toute cette ferraille s'attelle et s'attache, Dieu sait ! Du reste, Sir John a tellement forci depuis qu'on la lui a forgée, il ne pourrait plus entrer dedans. Alice se contentera de poser sur son buste le devant de la cuirasse, sur ses jambes, les jambières articulées comme des queues de langouste. Falstaff sourit, soulagé : voilà qui lui suffit pour mener l'assaut. Partagées entre la terreur et le rire, les deux femmes l'entendent crier à la Mort : « Arrière ! Arrière ! Arrière ! », mais il est trop affaibli pour lever la rapière.

Le combat est furieux, un corps à corps avec l'invisible. Falstaff se débat, et fait tout tomber à bas du lit, dans un grand fracas. C'est comme si le bruit l'avait réveillé de sa folie. Il regarde Mary, Alice, le chat Sacripant, qui s'est couché au creux d'un coussin, à son chevet.

« Quel est ce chat ? demande-t-il.

— N'aye pas peur, Sa Seigneurie, répond Alice, ce n'est pas le Diable ! C'est un bon chat du Cheshire, un chat à sourire persistant, quoique je ne save pas ce que ça veut dire...

— Quoique je ne sache pas..., la corrige gentiment Falstaff.

— C'est vous qui me l'avez donné l'an passé, Sa Seigneurie.

— Je te connais donc ?

— Je suis Alice, la nièce de votre nourrice, pour vous servir.

— Tu étais une fillette, l'année dernière, une sauvageonne qui courait pieds nus, et te voilà femme, et jolie, ma foi ! Mieux que jolie : belle.

— Ses parents sont morts, dit Mary, je l'ai recueillie, Sir John...

— Et tu as bien fait, Nourrice.

— Les frères sont en mer. Les sœurs... » ajoute Mary avec une moue qui en dit plus long que si elle finissait sa phrase. Et, comme si elle avait à justifier encore sa charité auprès de Falstaff : « La petite est dure à la peine. Nous n'avons plus personne au château, que ce pauvre Moth — qui voudrait de lui ? et Kate, qui est un peu folle. Vos valets et vos servantes sont partis. Tout ce monde est allé s'embaucher à Londres...

— Ou se débaucher ! En quoi ils ont suivi l'exemple de leur maître, Mary. Comment le leur reprocher ?

— Il n'y a plus d'honneur, Sa Seigneurie.

— Ah ! l'honneur, Mary ! l'honneur n'a jamais nourri personne, l'honneur n'a jamais payé de dettes, pas même les dettes d'honneur. Mieux vaut avoir de l'argent que de l'honneur, pour les régler... Ils ont quitté Oldcastle ? Grand bien leur fasse ! Que m'importe ? puisque je suis chez moi et, apparemment, en vie. » Il conclut, dans un rire : « J'ai joué un bon tour à la folie ! »

Ce n'est qu'un ciel de lit au-dessus de lui. Encore est-il d'un velours bleu fané, et fendu d'une estafilade. Mais ce ciel est à lui. Et à cette seule pensée, Falstaff fond en larmes. Larmes de joie, de reconnaissance.

Alice pleure aussi, en silence : c'est la première fois qu'un homme lui dit qu'elle est une femme, et qu'elle est belle. Et cet homme est Sir John Falstaff. Comment a-t-il dit ? Mieux que jolie... : belle. Mieux que jolie... : belle. Mieux que jolie... : belle !

« Sacripant ! »

Ce chat en prend décidément à son aise avec Sa Seigneurie.

Falstaff, épuisé d'avoir beaucoup parlé, beaucoup pleuré, s'évanouit une nouvelle fois. Mais un certain sourire fleurit sur ses lèvres tuméfiées.

La convalescence sera longue, riche en rechutes, impatiences, coups de colère, accès de faiblesse, brusques courages et découragements subits, apitoiements sur soi et défis à la Mort.

Il lui faudra passer par toutes les épreuves, accomplir pas à pas sa renaissance. Il lui faudra y croire comme à un de ces longs romans qu'il affectionne, abondant en anecdotes, péripéties, rebondissements, mais finissant bien — le dragon du doute et de la souffrance enfin terrassé : Où l'on voit notre héros se lever et s'asseoir sur le banc d'oriel ; où notre héros fait le tour de sa chambre à petits pas ; où notre héros mange un blanc de poulet, puis un poulet entier, puis deux, plus une moitié de gigot ; où notre héros exige, à boire, autre chose que de l'eau, du bouillon ou de la camomille : qu'on lui monte vite de la cave du xérès, du claret, de la malvoisie, du vin de Bourgogne ; où notre héros est pris d'une fureur orlandesque en apprenant que la cave est vide ; où notre héros s'emporte contre la trop grande sollicitude de sa nourrice et d'Alice, qui le traitent comme un enfant ; où notre héros demande qu'on lui apporte tels et tels livres de sa bibliothèque.

« Comment faire ? Je ne sais pas lire, Sir John.

— Je t'apprendrai, Alice. »

Où l'on voit notre héros sortir pour la première fois au grand air, se promener autour de son manoir sur le peu qui lui reste de terres, monter à cheval ; où l'on voit notre héros culbuter dans la paille de l'écurie la Kate ; où on le voit ne pas voir qu'Alice les a vus faire et, humiliée, ivre de jalousie, au désespoir, court, sanglotante, vers la mare aux canards avec l'envie de s'y noyer ; ne s'y noie pas, mais boudera ensuite plus de huit jours ; sans que notre héros saisisse la raison de sa bouderie ; sans qu'il sache pourquoi il a préféré le laideron crasseux à la belle jeune fille ; sans qu'il devine mieux que la délaissée quelle est la cause de sa réserve à son égard, digne du respect chevaleresque que Lancelot vouait à Guenièvre, Perceval à Blancheflor, Tristan à Yseut, Tancrède à Clorinde, Roland à Angélique.

« Je chante les dames, les chevaliers, les armes, les amours, la courtoisie, les aventures audacieuses... »

Où l'on voit notre héros apprendre à lire à Alice dans le premier livre qu'elle a choisi au hasard, une traduction de l'*Orlando furioso.*

## VII

*Où l'on saura ce qui advint de Falstaff, et d'Alice, si l'on prend la peine de le lire*

Quand la paix règne, le belliqueux se fait la guerre à lui-même. Maintenant qu'il avait recouvré toute sa vigueur perdue, et son allant, Falstaff s'ennuyait.

Il était un peu amaigri, ce qui, chez un homme de sa corpulence, ne se voyait guère. Ses plaies avaient cicatrisé, il garderait de sa mésaventure, outre cette sorte de sagesse que confère, un temps, au rescapé, le sentiment grisant d'avoir nargué la Mort et d'avoir été plus malin que le Malin, le nez et trois dents cassés ; en conséquence, une élocution légèrement chuintante — enfantine. Mais un grand vide se faisait à nouveau dans son cœur, la volonté défaillait ; tel un Nibelung, l'aveugle mal de vivre avait recommencé à creuser ses galeries en lui, à le saper, à le miner. Falstaff employait à se morfondre l'énergie retrouvée. Il se voyait comme un homme dénué de toutes qualités, un amas de vapeurs pestilentielles, une quintessence de poussière.

Il se remit à boire beaucoup, fit venir de

Londres plusieurs tonneaux de xérès, de claret, de malvoisie, dont l'achat acheva de le ruiner. Il ne sortait plus. Il traînait tout le jour en savates, vieilles chausses de velours, et une simarre fourrée de vair, somptueuse pelisse un peu mitée à présent, qu'il avait volée à Montagu, ou à Chandos — il ne se souvenait plus. Dehors, les chiens aboyaient, qu'il ne faisait plus taire. Une vache meuglait. Le vent courbait les trembles, une fine pluie oblique hachurait l'horizon. Et grésil, sur le soir. Et averses de neige fondante... On allait cependant vers l'été.

Falstaff ouvrait son virginal. Plus de *la*, et les autres cordes s'étaient détendues. Il jouait quatre ou cinq aigres désaccords, abandonnait, laissait retomber sans égards le dessus décoré d'amours. Il prenait alors sa viole de gambe, perdait un temps infini à l'accorder ; ses gros doigts n'en tiraient que de maigres sons. Il feuilletait, désabusé, un recueil de madrigaux, s'étonnant d'avoir autrefois puisé tant de plaisir dans cette *Musica transalpina* — « cette musique italienne, comme un vent du Sud qui serait passé sur un parterre de violettes ». Il retrouva, sur une feuille volante pliée à l'intérieur, un quatrain de sa composition, *Amor profano, Amor sacro :*

*Di virtù vestuta va Dona Minerva e di lana*
*Per via ove sole regge e valle —*
*Di lino vestuta va Dona Eva e di vanità*
*Per palude da ove umbra fugge e cave.*

Le relire lui plut. Ma foi, aucune raison d'en avoir honte. Un instant, il s'amusa à laisser vagabonder son esprit autour de cette idée qu'il avait connu l'amour profane mais pas l'amour sacré. Il se mit à rire en s'entendant substituer mentalement le nom d'Alice à celui de Minerva, le nom de Kate à celui d'Eva. Quelles idées absurdes lui venaient dans son ennui ! Parfois, un brusque enthousiasme s'emparait de lui ainsi, mais toujours de courte durée ; la répugnance reprenait vite le dessus. La chair était triste avec Kate, hélas, et il lui semblait avoir lu tous les livres. Du moins, tous ceux de son cabinet. Il parcourait du doigt au long des rayons la suite des dos reliés ; non, rien ne le tentait. Il ouvrait un coffret à secret déguisé en in-folio : le faux volume contenait les trophées de quelques victoires galantes d'antan, des rubans, des mouchoirs, des gants, des gages de rien du tout... Dix modèles de lettres d'amour passionnées numérotés de un à dix, à recopier et envoyer successivement, dans cet ordre, à la belle convoitée (Méthode Falstaff). Une miniature donnée par la princesse des Laumes — une intrigante qui se prétendait française et n'était pas plus princesse que lui n'est duc, mais qui avait du vice, et de la fantaisie, et de beaux yeux bleus. Un bas ayant appartenu à la fameuse Diana « O » — un cul à faire craquer tous les vertugadins, le con plus fréquenté que ceux de dix putains, mais, avec ça, noble cœur. Une boucle de cheveux de Christopher

Marlowe, coupée sur le vif, au poignard. Quelques brins de tabac, des pétales séchés, un chavirant parfum de bergamote et de tristesse qui s'exhalait du tout.

Il claqua sec le fermoir du faux *Livre des psaumes.*

Il descendit rendre visite à son faucon, le dernier faucon qui lui restait, un faucon de Malte. Il avait pitié de ce rapace aujourd'hui aveugle, à moitié déplumé, et ne sachant presque plus voler, à peine tenir sur son perchoir. En un an d'oisiveté, l'oiseau avait désappris les acquis de son dur dressage. Sa seule compagnie depuis un an avait été celle, muette, de Moth, qui venait le nourrir encore. Tout l'art déployé pour faire, du niais qu'il était — du jeune tiercelet qui n'a pas encore quitté son nid —, le meilleur des chasseurs de haute volerie, lui était non seulement inutile maintenant, mais l'avait privé de ses instincts vitaux. À Alice, qui s'approchait du perchoir, Falstaff dit :

« Vois-tu, Alice, la bestiole a enduré des tortures sans nom pour voler plus haut, plus vite, fondre net sur sa proie, attaquer sans crainte : les cordelettes pour l'entraver, le capuchon de cuir, un fil de soie cousu dans les paupières pour les manipuler comme s'il était une marionnette, et le leurre, et l'affamage. Tout ce dressage pour rien ! Cette terrible éducation princière... Mieux aurait valu pour lui rester ignorant, simple faucon commun. Il était roi, le voici plus démuni que le plus craintif des roitelets. Si Moth n'avait pas été là...

En vérité, la vraie miséricorde serait de lui tordre le cou. »

Alice ne pouvait-elle pas entendre dans ses propos une allusion aux risques qu'elle encourait à vouloir s'élever au-dessus de sa condition en apprenant à lire et écrire ? Quand elle aurait appris, elle n'en serait pas pour autant devenue une dame, elle aurait seulement perdu un peu de cette innocence qui faisait son charme aux yeux de Falstaff.

Mais Alice, endurcie par le chagrin que lui avait causé Sir John, osait désormais élever la voix devant lui. Elle s'écria avec une violence tout juste contenue :

« Vous m'aviez promis de m'apprendre les lettres ! Vous me l'aviez promis... »

Il la dévisagea, attentif, moins courroucé qu'attendri, essayant en vain de se donner un air de sévérité paternelle ; en somme, plus troublé qu'il n'aurait voulu se l'avouer : ses grands yeux verts paillés d'or, ses cheveux de la couleur des blés, qu'elle avait la coquetterie de tresser de fleurs, sa peau très blanche pour celle d'une fille du peuple, délicatement tachée de son, et qui se marbrait d'un rose léger à la moindre émotion... Mais Alice ne baissait toujours pas le regard devant son maître. Et lui, d'où lui venait cette chasteté si peu falstaffienne ? Un père envers sa fille ? Ou les pudeurs d'un premier amour ?

Dans un élan de bonté, il lui dit : « Bien. Chose promise, chose due. Nous commencerons aujourd'hui même. » Et, avec une cruauté qui n'était que le masque d'une tendresse dont il ne savait comment s'arranger : « Leurre, affamage, capuchon, entraves, fils de soie cousus aux paupières... »

Alors, la mélancolie disparut d'Oldcastle. Les vitraux du cabinet se mirent à trembler des éclats de voix de Falstaff. Car Falstaff, en se faisant précepteur, assouvissait d'abord sa vocation, jusqu'ici contrariée, pour le métier d'acteur. Alice avait donc choisi au hasard, pour premier manuel de lecture, une traduction de l'*Orlando furioso* ? Pourquoi pas ? On peut apprendre son alphabet dans n'importe quel livre, et ce volume était imprimé avec soin par Jaggard. Mais pour l'inciter à avancer dans l'étude, Falstaff, entre deux austères leçons de b-a ba, lui déclamait et lui mimait les chants du poème de l'Arioste ; il faisait beaucoup plus que les lui lire à voix haute, il les interprétait, il en incarnait les héros, il les lui jouait comme sur une scène de théâtre. Il était Rodomont, moulinant l'air de son bras armé ; il était Roland, le loucheur, devenu fou, déchirant ses habits et hurlant comme un loup au fond des bois ; il était et Rodomont et Roland, l'un nu, l'autre en armure, s'empoignant sur ce pont étroit, et tombant ensemble à l'eau ; il s'envolait pour la lune sur son Hippogriffe... Il était tour à tour, terrible et magnifique, Roger, Agramant, Renaud, Sacripant...

« Comme mon chat, Sir John ?

— Comme ton chat, Alice. S... a... c... r... »

Alice l'écoutait, subjuguée, transportée aux nues comme sur le griffon ailé, elle suffoquait de bonheur : elle était la capricieuse Angélique, princesse du Cathay, ou la sage et si belle Isabelle, qui alla jusqu'à se faire décapiter par Rodomont pour preuve de sa vertu et de sa fidélité à Zerbin.

Comme le monde devenait plus intelligible par la voix de Falstaff, plus lisible, et cependant plus riche de poésie, de magie, de secrets ! Plus vaste, aussi, tellement plus vaste ! Au-delà de la mare aux canards, au-delà des prairies où paissaient les vaches, au-delà des haies qui tiraient un trait sombre sous l'horizon, si proche, s'étendaient à perte de vue des terres immenses, d'autres pays, des océans, des continents... Falstaff faisait tourner le globe devant les yeux de son élève : notre planète était donc ronde, en chagrin, avec de vastes taches vert émeraude friselé d'azur où flottaient des lettres majuscules et des anges joufflus qui soufflaient des vents contraires. Le Cathay était, ici, cette masse obscure de rochers et de murailles — le royaume d'Angélique ! Là, l'Angleterre, que survolait une grande Victoire ailée sonnant de deux trompettes à la fois, vers l'orient et vers des terræ incognitæ à l'occident... Mais notre planète était également une simple boule de bronze au cœur d'une sphère armillaire dont un énigmatique mécanisme horloger faisait mouvoir les bracelets en bois qui la cerclaient — chaque astre d'or, sur son orbite, gravé d'un nom que devait retenir Alice.

Elle apprenait sans peine, en jouant, dévorée d'une curiosité insatiable, d'une avidité de connaissances belle à voir, et qui n'était pas sans émouvoir Falstaff. Elle n'en avait jamais assez, les leçons lui paraissaient toujours trop courtes ; elle voulait que Sir John continuât à lui dire, à lui lire, à lui montrer le maniement de la plume d'oie, à la faire réciter : « Je chante les dames, les chevaliers, les armes, les amours, la courtoisie, les aventures audacieuses... » À incarner, surtout, à incarner pour elle seule héros et dieux.

Falstaff s'était piqué au jeu. Il n'en oubliait pas pour autant de corriger comme en passant ses barbarismes et solécismes — « On ne dit pas : le plus pire, Alice. »

En Pygmalion qu'il était devenu, et fier de son élève, il voulut, lui si peu soucieux de bonnes manières pour son propre compte, compléter l'éducation d'Alice en lui inculquant les règles de la politesse observées à Whitehall. Il lui donna des cours de maintien, elle qui n'avait jamais porté de corset ; des cours de distinction et de diction. Il s'agissait d'exécuter gracieusement la révérence, d'aspirer l'*h* comme les dames de la Cour, de prononcer les dentales telle une lady, la langue contre les incisives.

« Les hérétiques hongrois honnis, pauvres hères, malgré hauberts et harnais, furent hier humiliés, hués, hachés menu comme hareng et hure de sanglier en hachis, à Hastings — répète, Alice ! Articule : Ce ridicule funambule bascule dans les renoncules et macule son... fondement. Deux chasseurs sachant chasser, que je sache, vont chez la duchesse à la chasse au souchet... »

Falstaff se réjouissait des progrès rapides d'Alice. Seule la nourrice regardait d'un très mauvais œil sa chenille de nièce se muer en précieux papillon. Elle n'en augurait rien de bon : il est diabolique de vouloir s'élever vers un rang supérieur à celui que nous a assigné Dieu. La petite deviendrait vaniteuse, elle ne voudrait plus s'agenouiller pour laver le carrelage ou brosser les cendres dans la cheminée. D'ailleurs, à cause de tout ce temps perdu à l'étude, le travail ne se faisait plus. Oldcastle continuait de s'écrouler tranquillement, c'était le château des courants d'air et des craquements lugubres, le séjour des rats et des araignées. La tour plus ancienne où était né Sir John avait encore belle allure. Mais, construite par Sir John, le père, dans cette pierre moins massive qu'utilisait l'architecture moderne dès son époque, avec une charpente moins solide, des tuiles plus vite posées, des vitrages plus grands, l'aile plus récente du manoir commençait à tomber en ruine, faute d'entretien. Faute de bras... Faute d'argent, en somme, songeait Mary, à qui les difficultés de l'intendance comme les tourments vagues de l'envie que suscitait en elle la faveur dont jouissait Alice avaient fini par dessiller les yeux sur la fortune, la renommée, la puissance réelles du seigneur d'Oldcastle — qu'elle avait allaité jadis. C'est-à-dire sa vraie misère. Lui qu'elle imaginait l'ami des lords ! l'amant secret de Sa Majesté !

Falstaff ne paraissait pas s'en soucier outre mesure cependant. De temps à autre, il faisait seller son cheval par Moth et disparaissait deux ou trois jours. Deux ou trois jours que la nourrice mettait à profit pour infliger une surcharge de travail à Alice, des corvées dévolues, d'ordinaire, à Kate : cirer les parquets, curer le puisard.

Falstaff allait à Londres. Il en revenait avec quelques shillings ; au mieux, quelques livres ; de quoi parer au plus pressé. Ce qu'il laissait ignorer à la nourrice, comme à Alice, c'étaient les démarches humiliantes auprès de son notaire dans le quartier des Whitefriars... Et se faire ensuite rembarrer comme un enfant par un jeune vautour à rubans rouges et fraise tuyautée de la Child's bank ! Et les discussions sans fin avec des usuriers d'Aldgate ! de Ludgate ! de Finsbury ! Puis, un cran plus bas encore, tous les recours épuisés, et sa faconde, et son astuce, la tournée des louches prêteurs sur gages de Southwark.

Falstaff essayait de faire argent de tout. À chaque voyage, il emportait un bibelot, un bijou, les parchemins de quelques titres à négocier encore. Mais les dettes sont un tonneau sans fond, et je reste sans fonds, blaguait-il. Il voyait un créancier dans chaque passant, se drapait jusqu'au nez dans sa cape couleur de muraille.

Parfois, à court d'expédients, il allait jouer dans un tripot. Avec une chance qui touche plus volontiers ceux que perdre indiffère, il gagnait, mais gagnait peu, n'ayant pu beaucoup miser. Et puis, il fallait se laver l'esprit après tant de sales marchandages ou une partie de cartes acharnée, et Falstaff courait dépenser l'argent si chèrement obtenu au théâtre : au Cygne, ou à la Tête de Sanglier, qui venait d'ouvrir ; ou, s'il avait réussi un joli coup et pouvait se permettre de dépenser six pence, applaudir les Comédiens du Chambellan ; le grand Richard Burbage, qu'il admirait tant.

Il revint un jour de Londres, voilà tout Falstaff ! en rapportant, dans une housse, une somptueuse robe de cour qu'il voulait offrir à Alice, alors qu'on manquait du strict nécessaire à Oldcastle.

Il l'avait marchandée, *allegro vivace*, chez le Signor Camini, un fripier italien à la mode auquel ces dames de la haute noblesse revendaient en catimini leurs atours quand elles se trouvaient à court d'argent.

« Se rovinent toutes pour faire la belle figure à Hampton Court ! Et après, Sa Signorie... »

C'était une splendeur en lampas de Venise rose aurore, à capitons losangés avec bouffées de taffetas couleur feu, qui avait appartenu, au dire du fripier, en confidence, *piano piano, si !* à la comtesse du Devonshire, laquelle aurait si monstrueusement grossi en une nuit, juste avant qu'on la lui livre finie — « sauf votre respect, Sa Signorie, est plus hercoléenne que vous aujourd'hui » —, qu'elle n'aurait jamais pu la porter.

« Jamais ! Neuvissime, sur l'honneur...

— *Non ingannarmi, buffone, o ti sconquasso ! o ti amazzo ! o ti taglio a pezzetti !*

— *Aiuto ! Aiuto !* »

C'était une splendeur en lampas de Venise rose aurore, à capitons losangés avec bouffées de taffetas couleur feu, dans laquelle virevoltait Alice, ivre de bonheur, devant le seul miroir d'Oldcastle, dans la chambre de Falstaff. Une robe comme n'en avait pas porté Angélique, comme n'en avait pas porté Isabelle ! Une robe comme n'en aurait jamais la Kate !

## VIII

Sous peu, il faudrait vendre la sphère armillaire avec laquelle Alice avait appris comment le soleil tournait autour de la terre et les astres montaient au plus haut du ciel, puis déclinaient. Il faudrait vendre le globe terrestre aussi. Falstaff n'en tirerait pas grand-chose, du reste : le sien datait ; des terræ incognitæ ne l'étaient plus, l'ourlet ombré de contrées hier encore vierges se barbelait de nouveaux noms, le bleu du chagrin rétrécissait d'année en année.

« Qui sait si le monde est jeune ou vieux, Alice ? Si plus de temps nous sépare du Déluge que du Jugement Dernier, ou le contraire ? »

Le virginal sans son *la*, sans son *sol* non plus maintenant, et les ailes de ses amours encrassées, ne valait pas un clou. La maximilienne avait été bradée à une sorte de foire à la ferraille où les hommes de guerre désargentés allaient se fournir en armures de seconde main, à Shoreditch. Puis, ce seraient les livres... Les livres ? Les livres. Mais que vaudrait de vivre alors ? Et quand le dernier tonneau de xérès aurait été bu ? la dernière goutte de bourgogne ? Hé bien ! Falstaff, il te faudrait vendre Oldcastle... À un de ces parvenus de la City, à un de ces drapiers enrichis qui tiennent le haut du pavé en ce siècle où le tissu compte plus que la noblesse, à un de ces jeunes loups à rubans rouges de la Child's bank ! Un nouveau riche dans tes vieilles pierres, Falstaff... Ignoble ! Ignoble au sens premier et fort du mot, ignoble à tous les sens du mot !

Falstaff ressortait de chez un usurier auquel il avait cédé contre une poignée de shillings quelques titres très dévalués de ses Feux & privilèges. Il ressassait son amertume, il errait au long des fossés de Finsbury, avec la tentation de s'immoler à ces gros crapauds voraces, nourris d'immondices, qui coassaient sur son passage, quand il entendit un crieur annoncer qu'on reprenait à La Courtine une tragédie de son cher Marlowe ; bien que datant d'une dizaine d'années, une merveilleuse vieillerie, que la compagnie du Chambellan avait l'heureuse idée de maintenir au répertoire, *Édouard II.* Et Burbage était Édouard II ! Il n'y avait pas à hésiter. La magie du verbe, l'épouvante jubilatoire que provoquaient ces situations insensées, ces scènes plus monstrueuses les unes que les autres, cet étalage des pires perversités humaines mélangées d'une douce pitié — cette horreur, en un mot, cette pure horreur, sans alliage, sans joliesse ajoutée, mais si savoureuse, en somme, cette horreur lui ferait oublier un moment les comptes qui le hantaient, les chiffres qui dans son cerveau dansaient la sarabande, le branle, le passepied. Il prendrait un billet de galerie à dix pence, il serait assis.

On en arrivait au dénouement : Édouard II, vaincu, déposé, enfermé dans un cachot de Berkeley, serait assassiné dans quelques minutes, une longue broche rougie au feu enfoncée dans le cul — pas de trace du crime, ainsi, et puni par où il avait péché ! L'assistance, connaisseuse, attendait le cri angoissé de Burbage, lancé de derrière la courtine du balcon qu'on voyait frémir sous son souffle — effet saisissant ! souvent bissé.

Falstaff, aussi captivé qu'il soit, n'en sent soudain pas moins qu'une main palpe ses chausses, puis il entend tout près de son oreille un ha apeuré, mais qui ne doit rien à la puissance dramatique de la scène. Il se retourne :

« Bardolfe ! »

Et, là, Pistole.

Dès qu'ils l'ont reconnu, les deux essaient de s'esquiver en descendant au parterre, de se couler dans la foule, en bas, de reculer, en jouant des coudes, devant Falstaff, qui continue d'avancer vers eux sans craindre de bousculer les gens. Les chuts fusent autour d'eux. Qu'ils sortent, ces brutes, s'ils veulent se battre, mais qu'ils nous laissent à notre exquise terreur, attendre en silence le cri de Burbage. C'est bien ce que pense aussi Falstaff, quand il rattrape ses deux larrons à la porte du théâtre :

« Fils de putes ! Vous m'aurez même gâché l'assassinat d'Édouard ! Cela, je ne vous le pardonnerai pas. Je voulais voir frémir le rideau... Un fer chauffé à blanc dans le cul, c'est tout ce que vous méritez, vous aussi ! Manquer de respect à Marlowe. Lâches ! Lâches, qui m'avez abandonné au moment où on me lapidait... Ah ! vous me croyiez mort, sans doute ? Vous vous croyiez débarrassé de Falstaff ! Falstaff qui vous avait sauvés du carcan... Que ne vous y ai-je laissés pourrir ? vous faire dévorer les yeux et les entrailles par les vautours ! Que n'ai-je demandé à Shallow d'aggraver votre peine, au lieu de l'alléger ? Dix jours de carcan ! Un mois ! Un an ! J'aurais ramassé vos ossements, je m'en serais fabriqué un collier comme les sauvages de l'Afrique ! Une fraise en vertèbres de Bardolfe ! Un fémur de Pistole en guise de plume à mon chapeau. C'est cela qui aurait fait sensation sur le Strand ! J'aurais lancé une mode ! Mais comment avez-vous pu tomber si bas, vous, mes féaux ? Fouillechausses dans les théâtres, maintenant ! Bientôt, vous irez détrousser les braves gens qui assistent aux supplices à Tyburn ! Avant d'y finir vous-mêmes sur l'échafaud !... »

Du théâtre monte alors un cri, suivi d'une immense clameur, et d'applaudissements.

« C'est fait ! s'écrie Falstaff. Le roi Édouard n'est plus. Mais Falstaff vit encore. Et vous voilà bien surpris, non ?... Écoutez ! Burbage va bisser : second assassinat, on est au théâtre ! Seconde broche plantée dans le cul... »

Second cri, en effet. Et seconde ovation.

Est-ce remords, est-ce pitié, est-ce admiration, est-ce désir de se justifier, si Bardolfe et Pistole se sont arrêtés net de fuir, pour faire face à Falstaff, à peine ils l'ont entendu se lancer dans sa diatribe, qui semblerait presque avoir été écrite par Marlowe ? Ils baissent les yeux, font des mines repentantes d'écoliers auxquels on a promis le fouet. Bardolfe hasarde de bafouillantes excuses :

« Quelle trifteffe que notre fie depuis, fi tu fafais ! Nous fommes bien punis, fa, Falftaff ! Mais, tu fais... Nous te favions affez fort pour te défendre tout feul... Et nous afons penfé que fi nous reftions, Piftole et moi...

— Oui ! » renchérit Pistole, déjà moins hésitant que Bardolfe, « il était plus dangereux pour toi que nous restions à tes côtés : tu es Sir John, nous sommes deux misérables qui avons été mis au carcan. Nous ne voulions pas te faire courir de risques, attirer sur toi la foudre. Les bourgeois de Windsor...

— Et puis, le coupe Bardolfe, f'est plus beau de fe battre feul ! F'est plus noble, Falftaff ! Et puifque tu as eu le deffus ! »

Tant d'impudence désarme Falstaff qui, loin de se livrer à sa colère, s'en libère, éclate d'un rire énorme, salvateur.

« Comment t'es-tu tiré d'affaire ? » demande Pistole, soulagé de le voir si hilare.

« As-tu fait le mort, comme fur le champ de bfataille, en Écoffe ?

— Crevure ! Je me suis battu comme un lion. J'en ai passé deux ou trois par l'épée, assommé quatre ou cinq autres, mais, à cinquante contre un, j'avais peu de chance...

— Faleureux Falftaff ! »

Il ne s'attend pas qu'ils le croient ; pas plus qu'eux n'ont cherché la vraisemblance. Il s'attend seulement qu'ils fassent semblant d'y croire, et ils font semblant d'y croire. C'est sur quoi s'étaie depuis toujours leur amitié : une connivence dans l'illusion, un art d'affabuler en commun comme des enfants qui se coiffent d'un bol d'étain, bataillent avec des épées de bois, et savent intimement qu'ils ne sont ni Robin des bois ni Richard Cœur de lion, et cependant le sont le temps qu'ils jouent ensemble ; le génie de se prendre au jeu. Leur pardonne-t-il ? Oui. C'est la grande faiblesse de Falstaff, et sa grande force : il ignore la rancune. Il vit au présent.

« Comment vous êtes-vous tirés de ce mauvais pas, vous deux ? s'enquiert-il sincèrement.

— Des filles de Heaven's Lane nous ont cachés...

— Sauvés par des putains ! En vérité, je vous le dis, Madeleine est toujours la plus généreuse. Et beaucoup de ses péchés lui seront remis...

— Amen !

— Le lendemain, nous sommes sortis de Windsor quand tout le monde était au défilé...

— À l'heure où passait sur son char la Glorieuse Angleterre... Ah ah ! Sans chercher à savoir ce que j'étais devenu : si j'étais mort, si j'avais besoin d'aide...

— Hélaf ! Falftaff, nous afions fi peur, che l'afoue ! Fans une épée pour te défendre, fans rien... Fois magnanime !

— Et depuis ce jour, vous gueusez, vous chapardez, vous chenapez...

— Chenapez ?

— Ce que font les chenapans. Vous maraudez, vous maquereautez...

— Falftaff !

— Vous ne maquereautez pas ? C'est vrai, il y faut plus d'intelligence ! Se faire entretenir par une putain est tout un art. Voyez Essex !

— Falftaff ! Moins fort ! On pourrait t'entendre.

— On dit qu'il est tombé en disgrâce.

— On le dit tous les dix jours depuis dix ans !

— Fait comte maréchal l'an dernier, hier chancelier de l'université de Cambridge... Et aujourd'hui...

— La roche Tarpéienne est près du Capitole, Pistole !

— Ce serait fâcheux que tu aies pour protecteur un homme tombé en disgrâce, non ?

— Mais est-fe touchours ton protecteur, Falftaff ? »

Et de leur part, est-ce cynisme ou naïveté que de lui poser pareilles questions ? Falstaff ne cherche pas à approfondir. Il élude d'un sourire qui tire sur la grimace. Il poursuit son idée :

« Et donc, vous vous contentez de soulager les bons bourgeois amateurs de beaux vers d'un argent qui leur pèse pendant qu'ils écoutent déclamer la poésie aérienne du grand Marlowe, ses envolées lyriques... Ses envolées, vos vols... Mais ! au fond, Marlowe est votre complice. Mon ami Marlowe ! Mon pauvre, mon magnifique Christopher, qui m'aurait fait son héritier s'il avait eu le temps de signer un testament, lui qui n'avait rien... Et donc, un peu de cet argent volé me revient !

— C'est une manière de voir les choses.

— La seule bonne, celle de Falstaff ! Offrez-moi à boire, ou je vous assomme comme j'ai assommé mes assassins à Windsor, les esprits !

— Nous ne courons pas grand risque en ce cas !

— Comment... ?

— Non non non non non, je n'ai rien dit, Sir John, je n'ai rien dit ! Tu nous as pardonné, nous t'offrons à boire.

— Je ne pardonne pas, je suis seulement trop paresseux pour me rappeler les offenses.

— Nous t'offrons à boire... Allons ! »

Mais où aller ? Au Coq ? Aux Clefs ? À la Sirène ? Falstaff y a laissé de grosses ardoises et il y serait immédiatement reconnu. À la Cloche ?

Là, c'est Bardolfe qui ne peut plus y entrer. Au Cheval Blanc ? Là, c'est Pistole qui préférerait éviter... Au Taureau Rouge, alors ? Trop loin. À Deptford ? Plus loin encore. Mais les tripots y sont plus accueillants pour les fripouilles dans leur genre, et les patrons moins regardants...

« Pour s'y faire assassiner comme ce pauvre Christopher ? Merci bien ! »

D'avoir évoqué la mémoire de son ami, d'avoir revu les premiers actes de sa tragédie, Falstaff se sent envahi comme d'un pressentiment angoissé. Les crapauds des fossés de Finsbury se sont remis à coasser en lui. Christopher a-t-il eu le présage de sa mort prochaine ? A-t-il su qu'il mourrait si jeune ? À vingt-neuf ans... Et ces puritains abjects, qui prétendaient qu'il aurait, comme son Docteur Faust, vendu son âme au Diable !

Bon. Il faut boire. N'importe quel cabaret ils trouveront en chemin... Mais quel chemin ? Où vont-ils ? Bah, sait-on jamais où on va ? Ils vont où leurs pas les mènent. Se saouler à en oublier leurs propres noms. Une de ces muffées crasses qui effacent tout comme un coup de chiffon sur l'ardoise... Seule reste l'ardoise, après.

Que dit Pistole ? Que ces retrouvailles sont un signe du destin, qu'elles sont bénies des dieux ! Que tout ce qui nous arrive de bien et de mal sur terre était écrit au Ciel, que tout est écrit.

« C'est une grande chose que tu dis là ! »

Et que dit Bardolfe ? Il opine en postillonnant, postillonne en opinant. Et montre du doigt, là, une enseigne nouvelle, peinte de frais, inconnue du trio : À l'Étoile.

Va pour l'Étoile ! C'est une bonne carte à tirer aux tarots : arcane de l'espérance. D'ailleurs, l'enseigne, bariolée, s'inspire de la figure divinatoire : sous un ciel étoilé, une dame nue aux cheveux bleus verse le contenu de deux pichets rouges sur la terre jaune d'or. Et puisque aucun des trois n'est jamais entré ici, qu'aucun n'y a laissé de note en souffrance...

« Bière, xérès, claret, malvoisie, vins non coupés, eaux-de-vie, trente et un et autres jeux, tabac des Indes occidentales à priser ou fumer... »

Que dit Falstaff ? Il ne dit plus rien mais n'en pense pas moins. Il pense que les dieux sont étranges : ce n'est pas uniquement de nos vices qu'ils font des instruments pour nous punir ; ils nous mènent à notre ruine par ce qu'il y a en nous de bonté, de douceur, d'humanité, d'amour. S'il n'avait eu ni bonté, ni douceur, ni humanité, ni amour du prochain, aurait-il poussé, en compagnie de ces deux fouille-chausses, la porte d'un cabaret si sombre, où les filles rient si fort, où toute une jeunesse dorée, anneau à l'oreille, longue pipe d'écume en bouche, monte sur les tables pour pousser en chœur la chanson du jour ?

Quelques chopines plus tard, son humeur noire commence à se dissiper. Falstaff renverse par mégarde un pichet de vin du Rhin, et un brusque épanchement de sentimentalité s'ensuit : l'œil larmoyant, voici qu'il se met à parler d'Alice.

« Dire que j'ai gâché les plus belles années de ma vie pour des dames que je n'aimais pas, qui n'étaient pas mon genre...

— Son genre, c'étaient les hommes !

— Grande nouvelle !

— Vos gueules ! ou je vous fracasse les...

— Oui, comme auf efprits de Windfor, Falftaff ! »

Bardolfe et Pistole, de rire. Un cœur de tourtereau bat donc sous cet amas de graisse bouffie par la boisson ? Et qui est cette Isabelle, cette Blancheflor, cette Fleurdelys, qu'il évoque en rougissant comme un puceau vantant les mérites de la dame aimée en secret ? Un fantasme ? Une vision qu'il aura eue dans les vapeurs d'eau-de-vie ?

Alice est une colombe, une pensée, la beauté, une enfant, sa fille, sa sœur, une humble fleur des champs, la splendeur du jour, la nuit, l'aurore, le printemps, la rosée, un sourire, la musique, l'harmonie, la joie, une nonpareille, une merveille, du vermeil, de l'or, la délicatesse, une pucelle, une femme femme, une déesse, Vénus mais sans la vanité, Minerve mais sans la pédanterie, Ève avant le péché... Pistole pince les cordes d'une harpe imaginaire, Bardolfe Cupidon tire d'invisibles flèches.

Quel troublant bonheur que de chanter ainsi les louanges d'Alice ! et qui vainc toutes les réticences de son orgueil masculin, et qui lui ferait braver tous les ridicules, piquer une fleur bleue dans la ganse de son chapeau, graver à la pointe du couteau le nom adoré dans le bois de la table ! Un bonheur qui lui donnerait tous les courages ! Un bonheur qui le pousserait à l'assaut de toutes les forteresses. Il ne contreferait plus le mort sur le champ de bataille, comme en Écosse. La mort ne lui ferait plus peur.

« À boire ! Du vin du Rhin... »

Mais ces deux butors, ces deux béotiens qui se moquent de lui !

« Riez ! Riez ! couillons... Je suis un inventeur bien autrement méritant que tous ceux qui m'ont précédé, j'ai découvert le continent de l'Amour.

— C'est une contrée vierge ? Tu es continent ?

— Ah ! Pistole ! Je suis un musicien qui a trouvé quelque chose comme la clef de l'Amour.

— Tu lui joues de la viole, ou du virginal ?

— Fils de putes !

— *Bis repetita...*

— Mais tu nous as dit auffi que les Madeleine...

— Nos mères sont au paradis, Bardolfe !

— Alléluia !

— Vous irez en enfer si vous n'avez jamais aimé. »

Mais ces deux idiots brament en duo, joue contre joue :

« L'amuuur !

— L'amuuur ! »

Voici qu'ils se mettent à chanter, aussi, en se balançant, épaule contre épaule :

« C'est l'amuuur,

Qui fait sauter toutes les ceintuuures !

— F'est l'amuuur,

Qui fait fauter toutes les ferruuures... »

Falstaff se lève, fou de colère, et les saisit tous deux au col, et s'affale sur eux en travers de la table, et dit d'une voix avinée :

« Vous ne savez pas ce qu'est l'amour ! »

À quoi Pistole a encore le cran de répliquer :

« "L'amour est un mot de cinq lettres." Je te cite, Falstaff ! »

Quand un godelureau qui joue au dur, tondu, anneau à l'oreille droite, fausse balafre peinte au fard sur la tempe, justaucorps de cuir à gros boutons de cristal, bague espagnole, saisit à son tour au col Falstaff : Falstaff l'aurait effleuré en se levant. Du reste, lui et ses quatre compagnons sont excédés par cette fade conversation de leurs trois voisins de table, sur l'amour — « N'est-ce pas ? »

Bagarre dans la pénombre enfumée, bancs qui tombent, chopes qui volent, entrechocs de l'étain et du fer, cris. Pistole, Bardolfe, Falstaff s'unissent contre leurs cinq assaillants. Puis, comme ils voient la porte ouverte, se ruent dehors... Et courent encore — jusqu'au bout de la rue.

Falstaff souffle comme une orque, flanqué de

ses deux fidèles qui, à son étonnement, ne l'ont pas laissé tomber ; qui ralentissent, au contraire, pour demeurer à sa hauteur.

Ils se retournent : hé ! ils ont eu le dessus. Apparemment, l'ennemi a renoncé.

« Du damoiseau en mie de pain !

— Des épées de bois !

— Du noise-petit ! »

Eux trois ne se quitteront plus ? Ils ne se quitteront plus !

« Sur la croix ?

— Sur la croix.

— Fur la croix, Falftaff ! »

Falstaff s'effondre sur une borne, sous une croix. Il faut qu'il souffle un instant.

Mais sa course l'a dessaoulé. Et maintenant, il les supplie d'oublier. D'oublier quoi ? Hé bien, ce qu'il leur a dit au sujet de... d'Alice. Il ne sait pas ce qui lui a pris, il était saoul : Alice est la nièce de sa nourrice.

Son Eurydice, la nièce de sa nourrice ! Bardolfe et Pistole s'esclaffent.

La nuit tombe. Avant que les portes ne ferment, il faudrait trouver un bordel. On va trouver. On a de quoi, on est parti de l'Étoile sans payer.

« Sept pichets de vin du Rhin, neuf liqueurs de prune...

— Des prunes ! Douze !

— "Fette conferfafion fur l'amour nous indifpose, mes amis et moi..."

— Foirard !
— Chiard !
— Péteux ! »

Falstaff se relève.

Les trois hommes repartent, bras dessus bras dessous, entonnant en canon :

« C'est l'amuuur,
  Qui fait sauter toutes les ceintuuures !
C'est l'amuuur,
  Qui fait sauter toutes les serruuures !
C'est l'amuuuuur... »

Le guet les suit.

## IX

D'où, chose remarquable, rien ne s'ensuit. Bacchus, dieu des ivrognes, les protège dans sa grande sagesse ; on ne peut se fier qu'à un dieu qui sache danser. Et Fortune, les yeux bandés, tient à peine en équilibre sur le globe terrestre mais ne tombe pas. Ils étaient sous la bonne étoile en décampant de l'Étoile : des vétérans comme eux doivent éviter les cabarets à la mode, cette jeunesse dorée est trop arrogante ; comme si d'avoir réchappé à la peste lui donnait tous les droits !

Le guet les a laissés continuer leur chemin zigzagant pour disperser une rixe, courir au secours d'un malheureux qu'on égorgeait. Eux ont vite trouvé un bordel accueillant, où les filles sentaient le benjoin, le sain, le propre, étaient gentilles, en plus, chatouilleuses juste ce qu'il faut, et n'avaient pas l'œil rivé sur leurs sabliers. « Vicieuses mais bien élevées, et non vérolées » — la mère maquerelle n'avait pas menti.

Bref, un paradis à leur portée, l'*Amor profano.*

Non les enfers de cet amour sacré où Orphée doit descendre rechercher son Eurydice.

« Alice ! la nièce de sa nourrice. »

Mais, le surlendemain, du haut de la plus haute tour d'Oldcastle, quels sont ces hommes qu'Alice voit s'esquisser comme dans un mirage sur la route ? Quels sont ces chevaliers fourbus qui s'approchent à tout petit trot ?

Nos trois héros, blancs de poussière, pareils aux enfarinés des foires ; Falstaff, au milieu, sur son grand palefroi isabelle, flanqué de deux inconnus montant des mulets, un grand dégingandé dont les étriers raclent le sol, ou peu s'en faut, et un plus petit.

Elle s'était réfugiée dans l'embrasure d'une archère haut perchée pour échapper aux criailleries de sa tante, qui lui reprochait son manque d'ardeur au travail — par une pareille chaleur ! Elle avait monté de la bibliothèque deux livres qu'elle voulait tenter de lire seule, sans l'aide de Falstaff penché sur son épaule. Mais dans l'un, elle ne comprenait pas ces mots qu'il lui semblait pourtant avoir bien déchiffrés : *Arma virumque cano...* Et l'autre, pire, était imprimé de signes dénués pour elle de toute signification : Μοῦσαι Πιερίηθεν ἀοιδῇσι κλείουσαι... Alice n'avait pas eu le courage de redescendre, pour en chercher un autre, les soixante-neuf marches de l'escalier en colimaçon ; et risquer de se retrouver nez à nez avec sa tante, qui la traiterait de limaçon (ha ha ! Alice, voilà un bon mot rimé comme aime à en faire Sir John).

Alors, Alice avait sombré dans une somnolence vague, la nuque dodelinant sur la pierre, les yeux se rouvrant de temps à autre sur un vide vertigineux. L'absence de Falstaff la plongeait dans une morosité proche de cette mélancolie qu'elle avait vue à son seigneur avant qu'il ne tienne sa promesse de lui apprendre à lire et écrire. À croire que le seul vrai bonheur est d'enseigner ou d'étudier.

Mais quel ennui ! À cette hauteur même, pas un pouce d'air. Les vaches cherchent l'ombre, rien ne bouge sinon, dans le ciel blanc des lointains, ce tournoiement monotone d'un vol de martinets et, ici, ces nuées de mouches, aussi harcelantes que les réprimandes de Mary. Sacripant a cédé lui aussi à la torpeur : il s'est assoupi sur les genoux d'Alice tandis qu'elle le caressait.

Non — les chiens aboient à leur approche —, elle n'a pas rêvé ces trois chevaliers ; ou du moins, cavaliers ; ou pour mieux dire, cavalier avec muletiers — ces trois enfarinés. Elle devrait se sentir heureuse de voir revenir le maître. Mais une espèce de suspicion, de méfiance instinctive qu'elle ne peut s'expliquer lui gâche son plaisir. De si haut qu'elle voit ces deux olibrius descendre de leurs mulets et jeter les brides à Moth, elle les prend immédiatement en grippe. Ce ton sur lequel Falstaff réclame à boire avant même d'avoir posé pied à terre ne lui dit rien qui vaille. Et lui déplaisent, aussi, leurs rires tandis qu'ils disparaissent sous le porche : ces rires gras, excessifs, dont l'écho résonne sous le porche... Elle va attendre un peu avant de descendre présenter ses respects à Sir John.

Sauf que la curiosité l'emporte. Et puisque Sacripant a sauté de ses genoux pour descendre examiner ces nouveaux venus en sa demeure d'Oldcastle, elle le suit dans l'escalier.

Quand elle s'avance dans la grande salle et se laisse gracieusement choir en une révérence qui n'aurait ni étonné ni détonné à Whitehall, les hommes, en chemises délacées, boivent de l'eau à la régalade — de l'eau, oui —, s'en aspergent mutuellement, s'esclaffent, et n'accordent pas un regard à Alice.

« Sir John... », fait-elle, d'une voix blanche.

« Ah, Alice », finit par répondre Falstaff comme s'il se ressouvenait à grand-peine du nom d'une quelconque servante.

« Voici cette flemme qui passe ses journées à lire...

— Allons, Nourrice », dit Falstaff, qui seulement maintenant pense à tendre un bras galant à Alice, et l'aider à se relever comme il ferait pour une dame noble. « Que lisais-tu, Alice ?

— Je ne sais pas, Sir John. Du latin, sans doute : je n'ai pas compris un seul mot... »

Voilà qui fait rire Bardolfe et Pistole.

« Voyez-moi cette raisonneuse ! Quatorze ans, mes amis.

— Quinze, Sa Seigneurie, depuis trois ou quatre jours. Pas vrai, Alice ?

— Je crois, ma tante. »

Pistole note en froid connaisseur :

« Belle. »

Bardolfe, ponctuant d'un rot son jugement :

« Et pluf de diftincfion que la comteffe de Fuffeqf en perfonne...

— Parole d'expert ! » plaisante Falstaff.

Ne voit-il donc pas que les beaux yeux d'Alice s'emplissent de larmes ? Si. Il avertit :

« Mais si vous touchez à un de ses cheveux, un seul, je vous tue. Et ce ne sont pas des mots en l'air... »

Assurément, Bardolfe comme Pistole prennent pour une fois au sérieux une menace de Falstaff : ils se sont baissés comme si une épée sifflait à leurs oreilles.

Alice devrait se sentir flattée, rassurée. Non, justement, sa pudeur naturelle s'offusque. Elle juge en son for intérieur que Falstaff a manqué de délicatesse. Elle aurait préféré qu'il ne sermonne pas ses hommes devant elle. Elle est traitée comme une fille. Une fille de rien.

Dérisoirement cérémonieux, il lui présente ses compagnons d'orgie :

« Mes féaux... Ou mes fléaux ! Le chevalier Bardolfe, le chevalier Pistole... »

Elle demande si elle peut se retirer. Il ne daigne pas lui répondre, trop occupé à arroser ses amis avec ce qui reste d'eau au fond d'une cruche. Elle redemande la permission, en vain. Elle hausse le ton :

« Puis-je me retirer, Sir John ?

— Va, Alice, va... », dit-il enfin, indifférent. Et, à Mary : « Assez bu d'eau, Nourrice ! Et de ton lait, qui a fait de moi un nouvel Hercule ! C'est du vin qu'il nous faut. »

Et des cartes à jouer ! et des dés ! et du tabac et des pipes ! Et, tiens, à propos, la Kate ! pourquoi pas ? De quoi faire en un tournemain un tripot d'Oldcastle. Au moins, d'ici, on ne nous chassera pas ! Pas de Mr. Quick ! pas d'ardoise ! pas de godelureau tondu qui nous cherchera noise ! La belle vie ! La vie nouvelle !

« *La Vita nova* ! "Amour et cœur gentil sont une seule chose..." »

On délace quelques œillets plus bas encore les chemises, on déboucle les ceintures, on se déchausse, on roule ses bas jusqu'aux chevilles, on pose les pieds sur la table, on est chez soi. Et puisque, depuis la Création, il n'a sans doute jamais fait si chaud sur terre ! à tout le moins en Angleterre...

« Nous qui voulions aller aux Indes ! »

Les alizés, Falstaff ! le large ! les aubes sur la mer ! les récifs de marbre ! les sables d'or fin ! l'ébène et les palmes ! les peuplades nues prosternées devant nous, étincelants dans nos armures ! les flamboyants, les oiseaux de paradis ! l'azur ! la lente dérive voiles affalées, l'amarrage à la nuit tombée.

Mais quelle serait l'enseigne de ce tripot ?

« Aux Amis de Falftaff !

— À l'Ours ! »

Aux cuisines, Alice pleure. Elle sanglote à en perdre haleine, elle suffoque, penchée au-dessus de l'évier. Cette sotte, Dieu sait pourquoi ! Mais Mary n'a plus le cœur à gronder sa nièce. Elle aussi est trop mécontente de voir revenir Falstaff en si mauvaise compagnie. Elle n'aurait jamais cru penser un jour que Sir John est un méchant homme, d'une faiblesse coupable. Elle est oppressée, elle s'effraie à l'idée de devoir annoncer demain au seigneur qu'il ne lui reste plus qu'une douzaine et demie de bouteilles au cellier... Et ses tonneaux sont vides. Mary va pour entourer d'un bras affectueux Alice aux épaules, Alice esquive : elle refuse de se laisser consoler. Hoquetante, elle court se réfugier au plus haut de la tour, grimpe les escaliers de deux marches en deux marches. Et Sacripant qui la trahit ! Sacripant qui ne l'a pas suivie ! qui est resté avec ces buveurs ! ces brailleurs ! ces débraillés !

Elle, s'est rencognée dans son archère. D'en bas, montent des rires, des cris, des jurons, des chansons atroces... Les heures passent, ainsi. Ils ne se lassent jamais ? De temps à autre, ils sortent pour pisser à l'unisson ; Alice les voit, bras dessus bras dessous, marcher d'un pas incertain jusqu'à un arbre. Falstaff offre à Moth du tabac, lui allume sa première pipe. Heureux Moth, qui n'entend rien ! Heureux Moth, qui sourit aux anges. Bardolfe court après Kate à travers champs, la fait chuter en lui tirant sur la jupe, la plaque au sol, se couche sur elle ; Kate se débat en riant, se relève, retourne vers le manoir. L'herbe est jaune, la mare n'est plus qu'une flaque au fond d'un cuvier d'argile craquelé, les canards s'ébrouent dans ce peu d'eau. Les martinets tournoient toujours, au loin, dans le ciel qui bleuit. Un vent léger se lève sur le soir. Rien n'apaise le désespoir d'Alice. Elle s'est remise à pleurer. Elle lance dans le vide ces deux livres qu'elle n'a pas pu lire. Plus tard, elle verra Falstaff ramasser le volume des *Travaux & les Jours*, sans s'étonner apparemment de le trouver jeté là, par terre ; sans lever ensuite les yeux vers la tour comme elle l'avait imaginé.

C'est l'heure bleue. Les lointains se rapprochent. L'univers est limpide et sans profondeur, plan, fini. Moth s'est assis sur une pierre pour rallumer sa pipe. La braise rougeoie dans l'obscurité. Alice essaie de se rappeler les noms des étoiles et constellations que lui avait appris Falstaff : Orion, Castor et Pollux, Pégase, Andromède, l'Hydre, Persée, Cassiopée, la Petite Ourse, et la Grande, la Polaire, le Berger, la Vierge.

# X

Deux jours... Plus de deux jours que dure la bringue ! Troisième jour où Alice monte se réfugier en haut de la tour, plus près du ciel — ciel qui se charge d'orage aujourd'hui. Moins d'air encore qu'hier, basses pressions sur la terre ; prés, champs, haies, frondaisons se fondent dans une grisaille moite. Les mouches sont toujours plus nombreuses, comme ces nuées de remords ailés dans la Mythologie. Et la dernière dernière bouteille est bue, la nourrice vient d'oser l'annoncer. Les murs du manoir retentissent de rugissements bestiaux, des veaux beuglent à la mort, dirait-on, mais ce ne sont là que les lamentations de Bardolfe et Pistole. Falstaff, lui, tonne, en attendant que les cieux en fassent autant.

Comme si ce n'était pas assez d'angoisse et de ressentiment, voici qu'apparaissent sur la route, nouvelle menace qui effraie Alice, trois cavaliers, aussi poussiéreux que les trois enfarinés arrivés avant-hier, quoique de meilleure allure, ne serait-ce que parce qu'ils montent tous trois de beaux chevaux bien harnachés et sont suivis de deux serviteurs également à cheval. Moth va à leur rencontre, chacun lui confie la bride et se dégage des étriers avec élégance.

Alice hésite longtemps à descendre de la tour pour aller aux nouvelles. Mais puisque Sir John n'a pas tout de suite éconduit ces intrus, et qu'un calme tout aussi inquiétant a succédé aux éclats de voix, elle s'y résout, se disant que sa tante se sera arrangée pour savoir quelque chose.

En effet : Mary écoutait à une porte ouverte de la grande salle, qui est tendue d'une portière. En voyant sa nièce s'avancer, elle pose un doigt sur ses lèvres. Cet homme qui rend visite à Sir John est Sir Francis Purdey, son notaire — tout le monde est gentilhomme de nos jours. Son premier clerc et un greffier, distingués jeunes gens, l'accompagnent. Pour autant que Mary comprenne, l'heure est grave : le notaire est venu annoncer à Falstaff que s'est, pour ainsi dire, constituée une ligue de ses trop nombreux créanciers, bien décidés à lui faire, par tous les moyens légaux, rendre gorge jusqu'au dernier penny, et menés par le redoutable premier régent de la Child's Bank, Sir Nicholas Cook.

« Nicholas Crook ! Grands dieux ! » s'écrie Falstaff, qui a encore le cœur à plaisanter.

« Cook », rectifie sur un ton glacial le notaire, que l'insouciance manifeste de son client exaspère. Mais Falstaff met un point d'honneur à ne laisser passer aucune occasion de faire un bon mot, si piteux soit-il :

« Cook ? Je vais donc passer à la casserole, il va m'assaisonner... »

Que Sir John réfléchisse : voici dans ce mémoire l'évaluation la plus complète et précise de tous ses biens, et ici, sur ce parchemin roulé, long comme les livres sacrés des Juifs, la liste non moins exhaustive de ses dettes irrémissibles ! Aucun recours n'est plus possible. Faire appel au comte d'Essex serait inutile... Comment ? Sir John ignore donc la nouvelle qui agite tout Londres depuis dix jours ? Oldcastle, il est vrai, est une thébaïde, loin du vain fracas du monde. L'ami de Falstaff est disgracié ; et pour une fois, il ne s'agit pas d'un bouteillon. Voici les faits : Sa Majesté, Essex, et Robert Cecil se trouvaient l'autre jour en grande discussion, il fallait désigner le gouverneur qui succéderait à Lord Russel, en Irlande. Chacun des trois soutenait son candidat : Élisabeth penchait pour William Knollys, Essex pour son cher George Carew, Cecil pour Mountjoy ; le débat s'envenimait. Pour en finir, la Reine tape du pied et dit que son choix est fait, qu'elle n'y reviendra pas. Essex, alors, fou furieux, hausse les épaules et tourne le dos à sa souveraine. La Reine, outragée, le gifle. Essex ose porter la main à son épée et jure qu'il ne souffrira pas un tel affront ; qu'il ne l'aurait pas souffert du roi Henri, qu'il ne saurait le souffrir de sa fille. Si Nottingham ne s'était noblement interposé, Dieu sait ce qui serait advenu ! Mais ce qui stupéfie le plus la Cour, et la ville, est qu'aucune suite n'a été donnée à l'affaire. La lèse-majesté est flagrante, Essex aurait dû être arrêté séance tenante, traîné à la Tour de Londres, condamné à mort sans délai et décapité. Au lieu de quoi il est reparti libre du palais royal.

« Preuve, observe à bon droit Falstaff, preuve qu'Essex peut tout se permettre ; qu'il n'est nullement tombé en disgrâce !

— Mais quand ainsi serait ? » lui répond Purdey. Puis, avec une solennité excessive, pour nuancer la vivacité qui vient de lui échapper : « Sir John, n'entendez nulle offense dans mes propos, je vous renouvelle allégeance, je vous respecte infiniment, mon père était le notaire de votre père, je sais ce que nous devons aux Falstaff, mais, pardonnez ma franchise, qui d'autre que vous se fait encore quelque illusion quant aux hautes protections dont vous jouiriez, et, singulièrement, quant à celle que vous prodiguerait Lord Essex ? »

Bardolfe et Pistole font mine de vouloir exiger réparation d'une si grave avanie, Falstaff les retient d'un geste grand seigneur qui signifie :
— Laissez ! Plus rien ne peut m'atteindre.

Le premier clerc et le greffier ont quelque peine à contenir un sourire qui leur vient mais contredirait l'impassibilité qu'ils souhaitent continuer d'afficher face à cette racaille hirsute, en chemise délacée, qui pue le vin.

Que Sir John soit raisonnable ! le notaire peut lui éviter la prison et les peines plus lourdes, plus infamantes, qu'il encourt, sans aucun doute. Ce qui l'amène à Oldcastle est qu'il a mandat d'un de ses clients pour acheter le manoir, ses entours, et ses meubles meublants. Le fruit de la vente effacerait toutes les dettes de Sir John Falstaff, et, affaire faite, tous frais pour actes, seings et sceaux acquittés, lui resteraient encore quinze bonnes livres sterling, payées comptant. Le concordat avec le syndic des créanciers serait signé sur l'heure, icelui garantissant sur l'honneur : de faire cesser toute poursuite contre le débiteur susnommé antérieure à l'accord, — comme de s'opposer aux poursuites que voudraient engager d'éventuels tiers détenteurs des dites créances, — sous réserve toutefois de dettes inconnues d'eux au jour dit. « Suis-je clair ? »

Sur l'honneur ! Vendre Oldcastle ! La première réponse du susnommé débiteur est d'éclater d'un rire énorme. Il se voit en ours enchaîné au fond de la fosse sur lequel on vient de lâcher les molosses. Puis il demande le nom du charognard avec lequel ce faisan habillé en notaire a traité.

« Sir Richard Swingler.

— Swindler ? » se moque Falstaff, équivoquant.

« Swingler, Sir John.

— Un Richard, en tout cas ! il n'a pas balancé ! » intervient Pistole, content de son bon mot à double détente.

« Je le connais ? » s'enquiert Falstaff, surpris

qu'on puisse vouloir acheter à l'aveugle le château de ses ancêtres.

« Sir Richard Swingler est venu ici vous présenter ses hommages il y a deux ans de cela...

— Ah, canaille ! il venait, mine de rien, visiter les lieux ! Je me souviens, maintenant : un foutriquet à manchettes en guipure et fraise à la milanaise...

— Tous les foutriquets ont des manchettes en guipure et des fraises à la milanaise », raille Pistole en coulant un regard oblique vers le clerc, qui arbore de la guipure aux poignets et une fraise comme on les gaufre à Milan.

« Vous deux, sortez ! » hurle Falstaff à l'adresse de ses deux amis, qui ne se le font pas redire.

Mary et Alice n'ont eu que le temps de s'écarter. Mais, comme elles voient les deux hommes se poster à leur place, au bout d'un moment elles s'enhardissent à revenir épier avec eux, écouter ce qui se dit derrière la portière et qui leur fait si peur : Oldcastle serait vendu ?

« Encore un de ces parvenus qui croient acheter une noblesse, un passé, en achetant de vieilles pierres, comme ils commandent un écusson au Collège héraldique », soupire, brusquement abattu, Falstaff, en s'affaissant au fond de son fauteuil ; le fauteuil où s'asseyait son père — meuble meublant, le notaire *dixit*.

*Dixit* également le notaire, en en parlant comme d'une faveur que lui ferait l'acheteur, comme d'une fleur :

« Sir Richard vous reprendrait vos livres, vos chiens, vos gens... »

Quel tact, de sa part !

« Mes gens ! Quatre personnes », se récrie Falstaff, en ne levant, curieusement, que trois doigts. « Moins que des chiens... Je veux dire : j'ai moins de gens que de chiens. » Une vieille nourrice, un sourd-muet, une demi-idiote, énumère-t-il mentalement.

Qu'importe ? Sir Richard n'est pas homme à discuter, mais galant homme : il peut, si Sir John y tient tant, lui laisser ses livres. Il aime les affaires rondement menées et veut faire venir des artistes italiens pour rénover Oldcastle..., le changer comme d'un coup de baguette magique en Newcastle — « ha ». Mais Sir John aurait quelques jours pour déguerpir, on est entre gentilshommes.

Comment un homme si avisé, et assez riche pour faire venir des peintres, doreurs, et autres stucateurs d'Italie, peut-il vouloir d'un château — d'un manoir, disons le mot — sans aucunes terres autour ?

Oh ! mais quant aux terres, c'est fait. *Sub manu*, Sir Richard Swingler a, champ après champ, pâture après pâture, acquis auprès du notaire tout ce qui était fieffé...

« Fieffé filou ! »

Il a commencé par les tenures les plus éloignées du manoir et s'est approché peu à peu. Il en est à cette haie ; un dernier pas, il sera assis dans ce fauteuil — non sans l'avoir, toutefois, d'abord fait retapisser d'un de ces tissus gueulards comme les nouveaux riches aiment à en faire venir de Lombardie.

Falstaff se voit la proie d'un faucon : l'oiseau vole en cercles d'une circonférence toujours plus courte autour de la victime visée, puis fond droit dessus et l'abat d'un coup net — au fait, faudrait-il lui laisser aussi son faucon à ce vrai rapace ? Son pauvre faucon aveugle et déplumé, qui ne sait plus voler en rond.

La dignité de Falstaff se révolte : jamais, jamais, jamais il ne se laissera dépouiller ainsi par un blanc-bec. Il vendrait à n'importe qui, mais pas à cet acheteur tout trouvé, que le notaire lui livre enrubanné comme un présent...

« *Timeo Danaos et dona ferentes.* »

Un dénouement inespéré à sa tragédie...

« Les Grecs nommaient "catastrophe" le dénouement d'une tragédie. »

D'ailleurs, où aller vivre quand il aura vendu ?

Purdey objecte que le temps presse, qu'un mandat de saisie & contrainte par corps sera lancé dès demain contre Sir John Falstaff — « En tout lieu qu'il se trouve... » Que jamais lui ni personne ne trouvera un autre acheteur, et si complaisant ! Qu'il faudrait au bas mot deux ans pour tout réaliser autrement, et sans nul doute moins avantageusement. Une signature, un sceau, et Sir John Falstaff serait un homme libre. Il est sans descendance, Dieu merci ! Ce faisant, il ne souffrirait pas ce déshonneur qu'il y a, pour un père, à léser ses enfants. Et que lui importe, en somme, son successeur à Oldcastle ? Que lui importe, s'il couvre ces vieux murs de tentures lombardes gueulardes, et stuque, et dore, et plante un jardin ornemental, et comble les douves, et abat la tour de guet ?

« Folie ! la tour abolie... » murmure Falstaff, repensant à la tour de guet écroulée qui figure sur l'arcane XVI du Tarot — *La Maison Dieu.* Je suis *El Desdichado,* ce chevalier dépossédé de son château par le roi Jean...

Le notaire ne désarme pas, il continue de prodiguer arguments toujours plus subtils et grandiloquentes démonstrations de déférence à Falstaff. Faut-il qu'il attende une coquette commission pour déployer tant d'ardeur à le convaincre, depuis plus de trois heures qu'il est arrivé, oiseau de malheur, accompagné de son premier clerc et de son greffier, à Oldcastle ! Mais telle est la candeur de Falstaff, tel est son stupide désintéressement qu'il n'a même pas dû y penser, se dit Bardolfe. Peut-être imagine-t-il que Sir Francis Purdey s'est entremis entre son mandant et lui par pure bonté d'âme ! par loyauté envers la noble lignée des Falstaff ! pour sauver Sir John-le-jeune de l'enfer des dettes ! Un enfer qui n'en est un qu'aux yeux des banquiers, des boutiquiers, des Mr. Quick ! Pistole voudrait lui crier à travers la portière, s'il osait, de ne pas céder, de ne pas se faire gruger par cet aigrefin beau parleur.

Et ainsi de Mary, et d'Alice, qui se tiennent

embrassées, tendent l'oreille, s'interrogent l'une l'autre du regard, craignant de trop bien comprendre l'une et l'autre quel sort cruel les attend. Non, elles ne veulent pas d'autre maître, elles ne veulent pas qu'il les vende avec les chiens et les meubles meublants.

Moth s'est approché de la porte lui aussi : il ne peut certes pas comprendre, mais son instinct lui dit que rien ne se trame de bon là-derrière. L'inquiétude chez ces quatre qui espionnent est si sensible qu'elle l'inquiète à son tour.

Et cette chaleur humide, accablante ! L'orage n'a toujours pas crevé. Le velu Falstaff, dépoitraillé, ahane comme un ours traqué ; il geint, il sue, il se dandine au fond de son fauteuil ; il essaie toujours de parer aux coups en faisant de l'esprit, et du plus mauvais. Ses raisonnements sont puérils ; ses exigences, des caprices de vieil enfant gâté. Comme s'il n'avait pas encore compris qu'il ne se trouvait plus en position d'exiger quoi que ce soit ! qu'il est aux abois !

Les chasseurs gardent leur sang-froid, et leur tenue. Tout au plus, le clerc glisse-t-il de temps à autre un doigt entre son cou et sa fraise amidonnée. Pour distraire son ennui, le greffier taille et retaille des plumes jusqu'aux barbules ; mais aucune impatience marquée. Si bien que Falstaff se lassera le premier. Et, selon son habitude, après avoir tant résisté, se retournera à l'improviste, en un instant, au milieu d'une phrase où il tentait d'argumenter son refus et soutenait le contraire : jamais il ne signerait ! Volte-face si subite que Purdey en sera d'abord désarçonné, croira avoir mal entendu, lui fera répéter :

« Vous acceptez donc, Sir John ?

— Faut-il vous le dire deux fois ? Qu'on en finisse ! Donnez-moi cette paperasse ! »

Derrière la portière, Bardolfe et Pistole protestent :

« Non non, Falftaff !

— Ne signe pas ! Ne signe pas ! »

Falstaff, furieux, lance à la cantonade : « Je ne crois pas vous avoir demandé votre avis, vous autres ! On écoute aux portes ? »

Alice étouffe dans sa paume un piaulement d'oisillon jeté hors du nid. Mary se mord les lèvres au sang pour ne pas pleurer. Bardolfe et Pistole s'éloignent, l'air défait de soldats la bataille perdue. Moth les suit.

Commence alors la longue cérémonie des seings & sceaux. Ce sont des dizaines de folios que Purdey doit lire à Sir John avant qu'il signe et scelle au bas de chaque page. Le greffier tend une plume nouvellement taillée, le clerc chauffe à la flamme d'une bougie le pain de cire ; leur courtoisie semble une insulte de plus à Falstaff. En secouant la plume pour en égoutter le trop d'encre, il tache la manchette du notaire, qui lui désignait la marge où parapher ; et il en est heureux comme un écolier facétieux. Sir Francis Purdey n'a pas bronché cependant : ne reste qu'une clause à approuver, il pourra coucher ce soir dans une auberge d'Heathrow, retourner demain à Londres.

Zeus serait-il favorable ? Au moment précis où Sir John-le-jeune appose le dernier sceau — le lion diffamé, avec, en ruban, le cri des Falstaff : *Passavant !* — un grand coup de tonnerre ébranle les vitres. Des éclairs déchirent l'horizon brusquement obscurci. Les arbres se courbent sous le vent en rafales, des branches cassent. Une tornade fait tournoyer le feuillage arraché. Les vaches meuglent, affolées.

Falstaff s'est rué dehors et s'offre, les bras en croix, aux cataractes qui tombent du ciel. Oh ! il serait trop beau que la tour de guet s'écroule à présent ! que la foudre enflamme les toits ! que ce Swindler... Que ce Swingler ne trouve qu'un tas de pierres noircies et de cendres !

Mais non, Zeus ne le vengera pas, il le sait. Il s'en moque. Il déchire sa chemise, il se roule dans l'herbe, il s'y vautre sous les trombes d'eau, il jubile, il crie :

« Nous savons, maintenant, que nous sommes plus près du Déluge que du Jugement Dernier ! que nous avons encore devant nous des milliers d'années à vivre ! »

Commence une vie nouvelle ! Il est un homme libre, il ne possède plus rien ! Si ! quinze livres sterling lui seront comptées... Plus qu'il n'en aura jamais eu en bourse ces dix dernières années ! De quoi s'amuser encore un peu sur terre ! Avoir du vin et des filles !

Le comble est qu'il va falloir offrir l'hospitalité à ces messieurs et leurs deux domestiques ! Ils ne pourront pas repartir sous ce Déluge, ils devront passer la nuit à Oldcastle. Il va lui falloir offrir l'hospitalité dans un château qui ne lui appartient plus ! Et la vie ne serait pas une plaisanterie ? Deux canards à partager en six, et pas une goutte de vin ! De l'eau pour tous, un si grand jour ! De l'eau ! de l'eau ! de l'eau ! Toute l'eau du ciel ! La fin du monde !

Et la vie ne serait pas une farce ?

# XI

*Finita la commedia.* Ces messieurs sont repartis le lendemain vers midi, par des chemins boueux où leurs beaux chevaux patinaient à chaque pas, enfonçaient jusqu'aux paturons, trébuchaient. Un hêtre déraciné, brûlé, barre la grand-route d'Heathrow. Si les canards, les quelques canards qui n'ont pas encore terminé leur vie aux cuisines, ont retrouvé leur mare d'antan, deux vaches mortes foudroyées gisent dans le pré. Oldcastle, et ses entours — pour parler comme le notaire —, n'est que désolation. Combien faudrait-il de jardiniers, de doreurs, de stuqueurs « pour le changer comme d'un coup de baguette magique en Newcastle — ha » ? Affaire pourrie, Sir Richard ! Sir Francis vous a dupé comme vous avez dupé Sir Nicholas !

Une pluie fine a succédé aux pluies diluviennes. De l'eau ! de l'eau ! de l'eau ! Depuis que Falstaff a bu son dernier verre de vin, les aiguilles de l'horloge auraient couvert plus de deux tours de cadran si elles tournaient toujours — autre mauvaise surprise, Sir Richard !

« Vois-tu, Alice, elle donne au moins l'heure juste deux fois par jour, ce qui est plus qu'une horloge déréglée, serait-ce d'une minute seulement. »

Mais Alice n'est pas là pour apprécier ce paradoxe de la logique pure, Dieu sait où cette sotte est allée bouder. Mary est devenue folle, elle ne le salue plus. Bardolfe et Pistole, quant à eux, ont les mines qu'ils avaient dans les carcans, à Windsor. Le vin et la bière leur manquent autant qu'à lui. Falstaff se sent comme au lendemain d'une orgie, la bouche amère, dégrisé, morose, mécontent de soi. L'eau ne lui vaut rien, preuve est faite. Il réunit son conseil : puisqu'il est à jeun, puisque ses deux confidents sont à jeun et l'approuvent, sa décision est nécessairement la bonne : maintenant que le sacrifice est consommé, il lui faut trouver au plus vite un protecteur à la Cour. Autant partir tout de suite. À quoi bon se perdre ici dans les souvenirs d'enfance, et les regrets, les yeux rivés sur l'estafilade dans le ciel de son lit ?

Du reste, il a commencé de se convaincre qu'il n'était pas fait pour vivre loin du monde, à Oldcastle. Il est, au sens que donnait à ce mot Baldassare Castiglione, un courtisan — un courtisan-né. La vie de cour lui a toujours plu : la brigue et l'intrigue, la cabale et les bals, la parade et l'apparat, les carrousels, les joutes, les menus plaisirs, le cérémonial ; amuser les lords, charmer les ladies, servir Sa Majesté. Il ira se jeter aux pieds de Montagu, qu'il fournissait en bons mots pour amuser la Reine... Aux pieds de Chandos, dont il rédigeait les billets galants... Aux pieds de Somerset, à qui il procurait des jeunes gars de Bilingsgate... Aux pieds de Mountjoy... Aux pieds de Westmoreland, de Northumberland, de Shaftesbury, de Salisbury... Aux pieds d'Essex, qui sait ? s'il est rentré en grâce. Il s'en trouvera bien un pour se rappeler leur folle jeunesse ! les temps heureux ! Il s'en trouvera bien un pour lui avoir gardé un peu de reconnaissance.

« "Frappez, et l'on vous ouvrira."

— Amen.

— La Cour a pris ses quartiers d'été à Hampton Court, Purdey l'a dit... »

D'autant mieux ! Il est plus facile d'aborder les grands à Hampton Court ; ils s'y montrent moins guindés que, l'hiver, à Whitehall.

Allons, en route ! Pas de bagage. On trouvera de bons chevaux au premier relais, un bon fripier, de quoi faire belle figure : on a quinze livres en poche, et le trésorier du trio n'est plus ce filou de Bardolfe, mais Sir John Falstaff en personne.

Mais pourquoi Moth est-il donc si maladroit aujourd'hui ? Il ne sait plus boucler un harnais. Falstaff le brusque, il s'emporte et le gifle au front d'un coup de bride : le sang coule, et les larmes... Moth gémit comme gémissent les muets.

Mary, qui vient d'assister à la scène, se révolte :

« Vous êtes un méchant homme, Sir John ! Vous êtes un traît'e ! Vous nous traitez comme des bêtes, mais une bête aurait eu plus de cœur que vous ! Nous vendre ! Vendre votre vieille nourrice ! Nous abandonner, Alice, et moi, et ce pauvre garçon...

— Et la Kate ! tu oublies la Kate ! » s'écrie Falstaff, bouleversé. « La Kate aussi est un enfant de Dieu, Nourrice ! "Et vous valez beaucoup mieux qu'une infinité de passereaux..." »

C'est vrai, il ne voyait pas la détresse de ses gens. Il aurait eu plus de compassion pour les ours dans leur fosse. Pourtant, n'est-il pas, de cœur, mais d'âme aussi, plus proche de ces humbles que des bourgeois de Windsor, sans cœur, sans âme ? N'est-il pas plus proche d'eux par le lait, sinon par le sang ? Il ne sait quoi dire de plus, la honte le rend muet comme Moth.

Mais non pas sourd : il entend dans son dos ricaner bas Pistole et Bardolfe. Il les menace de la main, il leur crie :

« Si je les blesse, est-ce qu'ils ne souffrent pas ? Est-ce que Moth ne saigne pas ? Est-ce qu'il n'a pas des nerfs, des sens, des émotions tout comme nous, s'il ne peut ni parler ni entendre comme nous ? Et si je lui essuie délicatement le front avec mon mouchoir », ajoute-t-il, joignant le geste à la parole, « est-ce qu'il ne me sourira pas ? Si je l'embrasse, est-ce qu'il ne me pardonnera pas ? »

Bardolfe et Pistole affectent d'applaudir négligemment sa tirade, comme des spectateurs mondains blasés. Falstaff les hait, un instant. Ces deux imbéciles ne comprennent donc rien ? Il allait laisser là, avec les meubles, une vieille femme qui l'a allaité ! Il allait laisser là Alice ! Alice, à qui il a appris à lire l'heure sur une horloge déglinguée, et les noms des étoiles ! Alice, à qui il a offert une robe de cour, la robe de cour qu'elle était digne de porter et portait dignement.

Où est-elle ? Il ne la voit pas.

Mary, figée d'épouvante, lui indique des yeux le haut de la tour derrière lui.

Falstaff se retourne... Il en frémit : Alice s'est campée dans l'embrasure d'une archère, tout au bord, les orteils dans le vide, qu'elle défie les bras croisés. L'ébauche d'un pas en avant, ou du moindre mouvement, elle tomberait et se tuerait.

« Alice, es-tu folle ? »

Mais Falstaff craint, s'il s'élance vers la tour pour la rejoindre, pour la sauver, de provoquer, au contraire, le geste fatal. Il est désemparé. Il reste immobile, les mains levées vers elle. Un grand silence s'est fait. Quelques secondes, l'éternité... C'est alors Marlowe qui lui souffle la réponse à donner, c'est le souvenir inopiné du premier vers d'un poème de Marlowe qu'il crie, d'en bas, à l'insensée :

« Alice ! Alice... "Venez vivre avec moi et soyez mon amour..." Alice ! Dame Alice Falstaff ! descendez ! descendez mais par l'escalier ! Descendez de la tour où je suis né pour venir me rejoindre... Je vous attends, Alice ! Venez ! Soyez mon amour... »

Alice demeure encore quelques secondes dans sa posture de défi. Puis, on ne la voit plus : elle a reculé. Sanglotante, savourant sa victoire, elle descend lentement l'escalier, marche à marche. La voici dans l'encadrement de la porte, la voici qui esquisse une révérence, la voici qui s'avance les yeux baissés vers Falstaff... Il dépose un baiser sur son front, il l'étreint tendrement. Bardolfe et Pistole applaudissent pour la seconde fois, mais avec un entrain de spectateurs comblés maintenant. Mary et Kate pleurent, Moth sourit.

Non, Falstaff n'abandonnera personne ! Qui l'aime le suive ! Qui l'aime vienne avec lui à Hampton Court ! Comment ? Hé bien ! on trouvera un chariot, deux chevaux à y atteler... La Providence pourvoira à tout.

« Ouais, ouais, tous ensemble ! tous ensemble !

— Ouais, ouais, touf enfemble ! touf enfemble ! » scandent en chœur Bardolfe et Pistole, comme pris de folie.

Quand part-on ?

On pourrait se donner quelques jours, le temps de trier ce qu'on veut emporter. Si ce freluquet, si ce butor, si ce richard qui, depuis l'université, n'a certainement jamais plus ouvert d'autres livres que ses livres de comptes..., si ce Swingler s'imagine que Falstaff va lui laisser toute sa bibliothèque ! Ses Marlowe ? Certainement pas. L'Arioste ? Pas question. Dante ? Non plus.

« Écoute, Alice : "Amour et cœur gentil sont une seule chose..." »

Et *L'Énéide,* et *Les Travaux & les Jours,* qu'il a

ramassés l'autre soir dans l'herbe ? Et Ovide ? Et Homère ? Jamais ! Dans le chariot ! Avec, en vrac, Sénèque, Térence, Juvénal, Érasme, Pétrarque, Plutarque, Plaute, Platon, Plotin, Pline, l'ancien et le jeune, les récits de voyage d'Antonio Pigafetta et de Silves de la Selva...

Il lui laisserait ses recueils de motets ? Ses recueils de madrigaux ? Sa *Musica transalpina* ? L'enfraisé à la milanaise peut toujours courir ! Dans le chariot ! Dans le chariot !

Car un chariot a été trouvé, et les deux chevaux à atteler. On y entasse les livres, des coussins pour s'asseoir... Sacripant, le premier, choisit celui sur lequel il s'installera pour le voyage. Les préparatifs se font dans la fièvre et l'allégresse. Au dernier moment, le matin du départ, on dépose encore dans le chariot un peu de linge, un casque, une rapière, deux épées, la robe de cour d'Alice, un grand tableau très noirci représentant Sir John Falstaff le père, en armure noire... Et puis, on l'oubliait, l'horloge arrêtée sur dix heures dix — par hasard, l'heure qu'il est justement quand on part enfin.

Le faucon ?

Moth le présente perché sur son poing, au seigneur. Le seigneur lui fait signe de tordre charitablement le cou à la bestiole, Moth s'exécute. On enterre sommairement la dépouille au pied d'un arbre.

Les chiens ?

Moth ouvre le chenil, ils suivront.

« Zerbin, Rodomont, Médor, Maubin, Ferragus ! »

Mary, Kate, Alice grimpent dans le chariot. Bardolfe et Pistole monteront les deux chevaux de trait. Falstaff ouvrira la marche sur son isabelle, Moth la fermera à dos de mulet, tenant l'autre mulet par une longe.

Falstaff, d'humeur guillerette, entonne une chanson de soldat :

« Le printemps vient,
Debout, Chrétiens !
La neige fond sur tous les morts... »

Bardolfe et Pistole font chorus, au refrain :

« Et tous ceux qui se traînent encore
Repartent en guerre sur les grands chemins ! »

Le blason ?

Falstaff s'en avise, comme l'équipage passe sous le porche.

Moth descend de mulet, s'élance, il escalade, agile, les gros moellons de la muraille pour décrocher les armoiries de dessus l'entrée d'Oldcastle. L'écusson tombe sur le pavé dans un grand bruit de ferraille — de gueules et de sable écartelé, lion diffamé issant en abîme, surmonté du cri en ruban : *Passavant !*

On l'accroche au cul du chariot.

# XII

En ce 3 septembre 1598 du calendrier julien — que l'Angleterre avait gardé, ne voulant pas perdre comme les pays papistes dix jours, soit neuf jours ouvrables, neuf jours de travail ! —, en ce 3 septembre de la quarantième année du règne d'Élisabeth, sur la route qui va de Windsor à Hampton Court, bonne route car joignant deux résidences royales, on pouvait voir un étrange cortège, mi-seigneurial mi-gueux ; des baladins, sans doute, se disaient la plupart des gens croisés en chemin.

Pauvres gens, la plupart. La crise financière et vivrière, qui s'aggravait d'année en année depuis dix ans, jetait toute la misère anglaise sur les routes : sans-travail, sans-logis, sans-pain. La loi sur l'assistance aux pauvres passée l'année d'avant n'y changeait pas grand-chose : le temps de donner au juge toutes les preuves qu'on était nécessiteux mais apte aux travaux les plus durs, on pouvait dix fois mourir de faim. Cinq shillings le boisseau de seigle ! Huit shillings le boisseau de blé ! Les marchands qui spéculaient... La grande sécheresse de 92 — on pouvait traverser la Tamise à sec sous le pont de Londres ! La peste ensuite, puis les inondations en 94 ! Ces rescapés de la peste dont on avait abattu les maisons sans les indemniser... Ceux qu'on avait chassés de leurs chaumières aux murs de torchis pour y construire en pierre... Les marins vainqueurs de l'Armada, jetés à quai sans solde...

Des vagabonds ; des Malcontents, aussi : de ces nobles désargentés, qui s'aigrissaient à mesure que s'enrichissaient autour d'eux les Purdey, les Cook, les Swingler, et finissaient dépossédés par ces parvenus, comme Falstaff, et partaient alors sur la route, chevaliers du Ressentiment, ruminant leur rancœur, vociférant leurs imprécations contre le Monde tel qu'il va — « La décadence ! La décadence ! »

Et des bandes armées de voleurs, qui n'hésitent plus à égorger ceux qui ne leur tendent pas assez vite leur bourse : la pègre aussi accélère le mouvement de l'investissement à court terme et du bénéfice immédiat, cette frénésie qui s'est emparée de l'Angleterre. Par chance, ils n'attaquent pas les comédiens : c'est un principe, une loi tacite qu'observe scrupuleusement la crapule. Ils croient voir passer une petite compagnie ambulante qui se rend à Hampton Court, tenter sa chance de divertir la Cour, comme les acteurs font tous.

Devant, selon l'usage, vient le chef de la troupe, qui doit, c'est également l'usage, jouer les rois et les pères nobles. Guidant le chariot, suivent le Prince, ou l'Amoureux, un grand blond famélique, et le Méchant, ou le Félon, qui, entre nous soit dit, a bien la tête de l'emploi. La belle jeune femme blonde sera princesse à la scène ; l'autre, sa suivante ; la vieille, la Reine, ou la Nourrice — on commence à voir des femmes actrices dans ces petites compagnies ambulantes, ce qui fait hurler les puritains. Le gars sur le mulet est le souffleur, on parie. Les chiens, qui ferment la marche, langue pendante, doivent servir d'attraction, aux entractes. Le répertoire paraît énorme pour une si piètre troupe : que de livres ! Et les accessoires ne sont pas trop minables : le casque n'est pas en étain, il a l'air vrai.

Le Roi, d'ailleurs, en impose, il ne manque pas de majesté. Colossal, enveloppé dans une ample cape de voyage arrangée comme une toge d'empereur romain, il n'a vraiment rien d'un Malcontent, rien d'un chevalier du Ressentiment : il caracole, pour autant que son cheval puisse caracoler sous une telle masse, il volte, tire son chapeau, retourne sur ses pas accoster le chariot, sourire, dire un mot à la future Dame Alice Falstaff. Il encourage sa troupe : il a en charge six humains et dix animaux maintenant — non, onze, il oubliait Sacripant. On n'avance pas : à ce train, il faudra quatre à cinq jours pour arriver à Hampton Court. Qu'importe ? On n'est plus si pressé. Et quand on voit surgir au galop, place ! place ! service de Sa Majesté ! ces cavaliers arrogants qui font claquer leur fouet si on ne se pousse pas assez vite vers le fossé pour laisser passer, l'envie vient de rebrousser chemin.

Comment Falstaff sera-t-il accueilli à la Cour ? Oui, mais combien lui reste-t-il en poche des quinze livres payées comptant l'autre jour ? L'autre jour... Il y a huit jours, il y a huit jours seulement qu'a été vendu Oldcastle. Combien lui reste-t-il ? Douze livres ? Onze ? Les auberges sont hors de prix, et partir sans payer en pareil équipage serait pour le moins risqué... Bon ! à Hampton Court !

En attendant, faisons halte à ce carrefour : un pré, un abreuvoir, une croix, l'ombre bleue d'un grand chêne planté par Henri VII. Dix heures dix à l'horloge, midi au soleil.

Mais quelle mouche a piqué Alice ? la douce Alice ? On pourrait croire qu'elle répète une scène de cette comédie de... Shakespeere ? Shakespeere, oui, ou Skakespeare — *La Mégère apprivoisée.* Voici qu'elle lui grimace une moue horrible, haineuse presque. Elle se dérobe à son approche, elle esquive cette caresse qu'il ébauchait... Elle relève ses jupes et court. Ce n'est pas un jeu, il l'a compris tout de suite. Il lui crie :

« Alice ! »

Non, elle ne veut pas s'expliquer devant ces rustres ! devant ces malotrus ! Il doit la suivre à travers les broussailles, jusqu'à un ruisseau... Elle se laisse tomber dans l'herbe, enfin. Lui est à bout de souffle.

« Alice... »

Il ne voit donc rien ? n'entend donc rien ? Il n'entend pas, derrière lui, ces grossièretés que lâchent à tout bout de champ Bardolfe et Pistole ? ces blasphèmes affreux, qui les conduiront droit en Enfer ? ces chansons, qui sont autant d'insultes au Seigneur ? des chansons dont elle ne peut pas lui citer les paroles, non, elle ne veut pas se damner. Et est-ce qu'ils ne pouvaient pas pisser ailleurs que sous ce chêne, là où on allait s'asseoir ? Un chêne royal, de surcroît ! Est-ce que ce ne serait pas un crime de lèse-majesté ?

« Alice, Alice, ce sont mes amis, de bons bougres, ne faites pas tant d'histoires ! Donnez-moi la main, ou c'est moi qui vous déclare la guerre, méchante fille ! »

Hé bien ! la guerre. Ce sera eux ou elle... Ou que Falstaff leur apprenne, comme à elle, les bonnes manières !

« Les Travaux d'Hercule ! Ils n'ont pas votre délicatesse naturelle, Dame Alice Falstaff.

— Et tout d'abord, cessez de m'appeler ainsi, puisque vous n'avez pas tenu votre promesse !

— Alice, un peu de bon sens ! Et de patience. On ne se marie pas comme cela. Il faut publier par trois fois les bans, il faut...

— Du moment que je suis mariée devant Dieu !

— Je veux pour nous de belles noces, Alice.

— Je me moque d'avoir de belles noces ! Si vos garçons d'honneur seraient Bardolfe et...

— Alice ! » hurle Falstaff. Puis, un ton en dessous, pour achever de lui rabattre son caquet à cette péronnelle, pour enfoncer le clou : « D'ailleurs, qui vous a appris à dire : Si... seraient... ? Certainement pas moi, c'est une faute. Une faute que ne commettraient ni Bardolfe ni Pistole, qui ont l'un et l'autre appris la grammaire à l'école. »

Alice finit par baisser les yeux, par esquisser un sourire contrit.

Bon. Falstaff fera la leçon à ces deux imbéciles, mais pas devant elle, non, il les prendra à part, ils ont droit à autant d'égards qu'elle, il ne veut pas les humilier.

« Pas même devant Moth, Alice, qui pourtant ne pourrait pas entendre... Comprenez-vous ? »

Alice acquiesce.

« Et maintenant, donnez-moi un baiser ! »

Comme la mégère enfin apprivoisée, comme le beau Willie Hughes, travesti en femme, était émouvant lorsqu'il se récriait : « Quoi, au milieu de la rue ? » !

Et le mari de la mégère, alors — Petruchio, si Falstaff se souvient bien — : « Quoi, as-tu honte de moi ? »

À quoi la mégère répliquait : « Non, monsieur, à Dieu ne plaise ! mais honte de vous donner un baiser. »

Comme Alice a de charme quand elle tend chastement ses lèvres vers lui, les paupières closes ! Quelle enfant, encore !

Il lui donne le bras, ils reviennent vers le chariot.

« Alice, la route est longue, on tue le temps comme on peut. Nous allons chanter... Des chansons que tout le monde peut chanter. Des chansons d'autrefois. Bardolfe, Pistole, vous vous rappelez :

"Pour mener vie meilleure,
Il me faut mon amour ici,
Ici, là, et en tout lieu..." ? »

Certes.

« Et :

"Ma douce Lady Jane,
Lors que je vous revois..." ? »

On repart en chantant. On ne se souvient plus très bien des paroles. On change un mot, une phrase, et, quand on est à court d'idées, on fait : « La la la la la la... »

Plus loin, une bande de gamins déguenillés, presque nus, jaillit d'un fossé et les assaille comme une nuée d'abeilles. Falstaff leur jette quelques shillings pour s'en débarrasser.

Bardolfe, Pistole, nous qui avions rêvé de peuplades nues prosternées devant nous ! L'azur ! Les alizés ! Les sables d'or fin !

## XIII

Le Grand Chambellan s'impatiente : la Reine sera ici dans moins d'une heure, il n'est pas question de retarder sa visite spontanée, impromptue, fixée de longue date à midi juste. Or, rien n'est encore tout à fait prêt dans cet échantillon de la vraie Angleterre qu'on a dressé au milieu d'une clairière, tout au fond du parc de Bushy, qui jouxte les jardins royaux : on arrose, on cloue, on vernit, on balaie toujours.

La ferme est une fausse ferme, un décor comme au théâtre, à ceci près qu'on a cru bon, pour parfaire l'illusion, de lever des murs de côté et un fond ; mais on serait bien en peine de faire un feu dans la cheminée. Le devant, à colombages rouges et hourdis blancs, vitraux jaunes et verts, pignon fleuri d'un gros bouquet, tient beaucoup plus de la façade d'une maison citadine cossue que d'une chaumière. Autour, un arpent de terre a été débroussaillé, retourné, sarclé, puis planté au cordeau, par une brigade de jardiniers, en carrés d'artichauts et de poireaux apportés tout poussés du potager royal, et qui composent, en quinconce avec des massifs de gros choux, une marqueterie légumière du plus bel effet. Une vache, soigneusement lavée et lustrée, les cornes enrubannées de faveurs bleu Tudor, attend la traite, attachée à un piquet d'ébène torsadé comme une colonne de baldaquin. La paysanne a des seaux en faïence, la peau très blanche, des mains à jouer du virginal, un corsage de batiste et des jupes en velours. Le rôle est tenu par une jeune fille de la noblesse que ses parents n'ont pas encore présentée à la Cour. Deux acteurs de la compagnie du Chambellan incarnent, l'un, son prétendu frère, un marin héros de la victoire sur l'Armada, dont le soleil et les embruns n'ont pas buriné le visage ; l'autre, le mari, le paysan, qui porte à l'épaule une faux si neuve qu'elle semble fausse.

Cinq enfants bien torchés, mouchés, peignés, jolis comme des amours, complètent ce délicieux tableau vivant mais qu'on croirait peint par Hilliard.

Sir Edmund Tilney, qui, de par sa charge au Bureau des Réjouissances, sait comment il faut parler aux comédiens, les fait répéter. Ils devront tous mimer la surprise lorsque la Reine se présentera à cette barrière qu'on finit de poser. On recommence. On recommence, Sir Edmund Tilney juge qu'ils ne sont pas assez naturels. La paysanne, surtout, a des intonations excessivement « comtesse » quand elle dit ses répliques — répliques écrites, il est vrai, dans le plus pur anglais enseigné à Cambridge.

Si la Reine demande au paysan, et elle ne manquera pas de le faire, d'où leur vient une si visible prospérité, il devra répondre : « De notre ardeur au travail, Votre Majesté ! » Et la paysanne ajouter : « Mais aussi, je le crois, de ce que Votre Majesté a rendu sa confiance à l'Angleterre, en en chassant ces marchands de la Hanse qui ruinaient notre commerce. »

Si la Reine interroge le marin, il dira qu'il est content de son sort, fier d'avoir servi sous les ordres de Sir Francis Drake, servi Sa Majesté, servi son pays, et que cet honneur suffit à sa joie. Il ne demande rien de plus à Dieu.

La Reine ne s'étonnera-t-elle pas qu'il ait vingt ans seulement — il en aurait eu donc dix lors du grandiose combat naval contre les Espagnols ?

Aucune importance. Mais sur le conseil du Grand Chambellan, il redit « Dieu » avec plus de sentiment, et on plante un dernier clou dans le gond de la barrière quand le cortège royal fait son apparition au bout de l'allée qui mène à la clairière — qui mène à cette vision enchanteresse.

« Voici la vraie Angleterre ! » s'écrie la Reine en faisant mettre pied à terre. « La vraie Angleterre ! La vraie Angleterre ! » répète-t-elle. Et, renchérissant au milieu du murmure approbateur des courtisans : « Je dirai mieux : l'Angleterre vraie ! »

Élisabeth demande à ses humbles sujets d'où ils tirent leur aisance, qui fait plaisir à voir.

« Mais aussi, je le crois, de ce que Votre Majesté a rendu sa confiance à l'Angleterre, en en chassant ces marchands de la Hanse qui ruinaient notre commerce », récite sans reprendre haleine la paysanne, qui vole sa réplique au mari — au comédien interprétant le mari, lequel lance un regard furieux à cette bécasse titrée : quand on n'est pas du métier !

« Quelle justesse dans le raisonnement d'une simple paysanne ! dit la Reine. Mes conseillers ne sont pas si avisés. Et quand je les consulte, ils hésitent beaucoup plus à me répondre que ces gens, si simples... »

Les conseillers devraient se tenir pour outragés, ils sourient complaisamment.

Mais se peut-il que la Reine soit dupe ? Ou est-elle parvenue à ce point du cynisme où le cynique se prend à son propre piège ; à ce point où plus rien pour lui n'a de réalité ; à ce point où seul compte le spectacle qu'il donne à son entourage et se donne à soi... Où seul compte de le réussir, ce spectacle. Maladie ordinaire des rois, maladie du pouvoir absolu ! Vérité et fiction se confondent, à la fin. À trop lire Machiavel, on finit par croire aux contes de fées les plus niais. Les mensonges qu'on suscite fatalement autour de soi, souvent sans le savoir, souvent sans le vouloir, les mensonges rongent comme un sel la belle lucidité des premières années de règne. On est dans la folie, alors. Sans le savoir. Sans l'avoir voulu.

À soixante-cinq ans, pourtant, Élisabeth n'a rien perdu de sa grande intelligence, ni de sa volonté, ni de son art exceptionnel à faire passer ses indécisions, fréquentes, pour le comble de l'habileté. Par sa seule force de caractère, elle a pris rang parmi les plus grands souverains de son temps, et le sait. Un homme ! pensent d'elle Henri, le roi de France, comme Philippe, le roi d'Espagne, qui à cette heure agonise dans son lugubre palais de l'Escurial — le seul ennemi qui fut à sa hauteur.

L'Angleterre ne craint plus l'Europe. Jacques, roi d'Écosse, le fils de Marie Stuart, lui succédera, elle en a décidé ainsi. Elle est la Reine vierge, Élisabeth la virginale.

Belle, encore, à soixante-cinq ans, peu de rides, un beau teint, montant toujours à cheval avec élégance, dépensant toujours des fortunes, elle si avare, pour s'habiller et offrir des plaisirs raffinés à sa cour ; travaillant toujours douze à treize heures par jour. Quel est le secret de l'immarcescible *Regina virgina* ? Sa virginité ? Ou au contraire, comme le murmurent les malcontents et les puritains, une lubricité de Messaline, de putain qui aura toujours su cacher son jeu ?

« Savez-vous qu'Essex est reparu à la Cour ?

— Vous voulez rire, je pense.

— On l'a vu ce matin se promener au jardin de l'Étang, et ce n'était pas son Sosie, je vous prie de le croire... »

À l'écart des oreilles indiscrètes, à voix basse, en s'assurant du regard que personne ne les épie, un médecin et un astrologue de la Reine échangent les potins du jour. Et parce que les mots savants, les mots latins, les mots grecs semblent toujours moins rudes que les mots du peuple, les mots anglais, les mots d'origine saxonne, quand il s'agit d'évoquer certains sujets délicats, leur conversation s'émaille de mots savants, de mots latins, de mots grecs. Il est question d'*uteros*, d'*hustera*, d'*uterus*, d'*hystère*, d'*hysterica*. Le magicien Alcanus remarque :

« Elle se donne un maître pour le dominer. »

Élisabeth est remontée à cheval. Elle n'a pas fait d'aumône à ces féeriques paysans : ce serait les gâter et, surtout, les humilier, eux si dignes, si fiers, et d'ailleurs si florissants — eux si Anglais ! Son petit sourire de contentement, mi-avaricieux mi-malicieux, la rajeunit encore. Le cortège tourne bride, on retourne au palais.

Le service de la Reine est parfait. Rien ne s'est vu ni entendu d'un minime incident qui éclatait à quelques pas de là. À l'orée de la clairière, des cavaliers de la garde et des hallebardiers barraient la chaussée venant de Sunbury : de vrais paysans de la fausse Angleterre auraient pu chercher à approcher Sa Majesté ; en ces temps troublés, le maintien de l'ordre est plus rigoureux que jamais. Un équipage suspect était arrêté par cette haie, serrée, d'hommes en armes dont cuirasses et casques éblouissent sous le soleil de midi : un chariot, plusieurs chevaux et mulets, des chiens, des femmes, le tout très poussiéreux. Des comédiens, peut-être. Ou un nobliau ruiné venu porter une supplique à la Reine... Non, on ne passait pas.

Combien de temps faudrait-il attendre la levée du barrage ?

Les soldats ont, comme il se doit, consigne de ne pas répondre.

Et le jeune officier qui les commande dit à Falstaff :

« C'est ce que je ne peux vous dire — service de Sa Majesté. »

Il est descendu de cheval. Falstaff ne peut s'empêcher d'admirer sa pose, à la fois martiale et pleine d'aisance, un pied de biais, la main gauche à la hanche effleurant tout juste le fourreau de l'épée. Il lui fait penser à ces guerriers de l'Arioste si habitués à porter l'armure nuit et jour qu'elle était pour eux « *facile a portar comme la vesta* ».

Falstaff se présente, sans omettre un seul de ses titres. Sa suite, plaide-t-il, est fatiguée d'un long voyage, et assoiffée. Quel autre chemin l'officier conseille-t-il pour rejoindre Hampton Court, si on veut éviter le très grand tour ? Y a-t-il une autre route ? Vaut-il mieux tenter de descendre par une traverse jusqu'à la Tamise et, de là, s'y rendre en barque ?

L'autre ne peut, ou ne veut, pas plus lui répondre qu'à sa première question. Malgré ce rien de morgue que confère, par force, à tout officier, son hausse-col d'acier, il ne manifeste ni mépris ni insolence. Il est au-dessus des sentiments humains. Mieux, il ébauche un sourire, aussi courtois que réglementaire, vide de sens. Il est l'ordre statufié dans le fer. Trop peu de cœur, trop peu de chair pour qu'on puisse le haïr. Un bon modèle de cette nouvelle génération, dans la noblesse, qui ignore les passions.

Bardolfe, Pistole et les femmes prennent des airs implorants. Alice s'enhardit :

« Par pitié, le Capitaine... »

Il ne fléchit pas plus devant les dames. Et Falstaff, agacé, fait les gros yeux à Alice : ce genre de choses se traite entre hommes, outre qu'on ne dit pas « le Capitaine » !

Son mauvais génie lui suggère alors les menaces et le mensonge :

« Je suis gentilhomme, comme vous. Laissez-moi vous dire, d'homme à homme, que vous vous mettez dans un mauvais cas : j'étais... Je suis un confident du comte d'Essex.

— C'est cela. Et je suis, moi, Sénèque, le conseiller de Néron », réplique froidement l'officier.

Falstaff, outré, laisse échapper un mouvement d'impatience que les soldats pourraient tenir pour une injure à leur chef, ou une rébellion. Le jeune noble n'a pas bronché, tant le gros malcontent lui semble peu redoutable, quoiqu'il le domine par la taille et le poids, cet Hercule de foire ! Ce bouffon.

« Votre nom ? demande Falstaff.

— Charles Devereux. »

Seigneur ! un cousin, ou un neveu d'Essex... Qui sert dans la garde royale en attendant d'accéder aux plus hautes charges, aux plus grands honneurs, s'il suit le chemin de son cousin, ou de son oncle. Seigneur ! et stoïque comme un romain, avec ça ! À peine si l'ironie lui creuse une fossette, une seule, à la joue gauche.

Falstaff se dit qu'il n'entrera jamais à Hampton Court : si la garde fait preuve d'une si grande discipline à présent, si les officiers de vingt ans ont tant d'autorité... Sur leurs hommes comme sur eux-mêmes.

Mais aussi, lui ! commencer les manœuvres d'approche par une aussi grosse gaffe, qui fera rire toute la Cour si ce Charles Devereux rapporte l'anecdote... Et il la rapportera ! Aucune illusion à se faire. Le bonhomme m'a dit : — Je suis un confident du comte d'Essex. — Je lui ai répondu : — Oui. Et moi, Sénèque, le conseiller de Néron.

Ah ! et penser que ces jeunes brutes ont des lettres, en plus.

## XIV

Il se décourageait. Les crapauds de la mélancolie s'étaient remis à coasser en lui, il réentendait le bourdon des cornemuses du Lincolnshire. Falstaff n'était pas guéri de cette maladie qui toujours l'avait désuni, écartelé entre deux Falstaff : le bon vivant exubérant, et le mort vivant croupissant dans ses humeurs noires. Les deux n'avaient cessé de se faire la guerre, le second reprenait le dessus. S'ajoutait, à sa répugnance à vivre, un sentiment d'humiliation, nouveau chez lui, et qui s'aiguisait quand il se trouvait sous le regard d'Alice.

Ils n'étaient pourtant arrivés que de la veille, à Hampton. Le chariot avait été remisé dans la cour d'une assez misérable auberge, à l'enseigne mensongère de La Fortune. Falstaff, Bardolfe, Pistole dans une chambre ; les trois femmes dans l'autre, Moth couchant devant leur porte afin de protéger leur vertu.

Il fallait à Falstaff deux serviteurs pour faire meilleure figure quand il se présenterait au palais, Bardolfe et Pistole en tiendraient lieu.

Hélas, à l'imposante porte d'Honneur, passage obligé pour les visiteurs se présentant à Hampton Court, d'autres Charles Devereux, tout aussi ferreux, tout aussi haussés du col, tout aussi excessivement, tout aussi insupportablement impassibles, lui opposaient une fin de non-recevoir. Son nom n'était pas inscrit sur le registre des personnes attendues.

Même refus à la porte du Lion : avait-il des lettres de créance, une quelconque recommandation, un avis à se rendre sur l'heure auprès du Grand Chambellan, un ordre de comparution devant Sa Majesté ? Ses brevets & patentes ? N'importe quoi d'un peu officiel...

Mais ! puisqu'il était Sir John Falstaff !

Oui. Et puis ?

Ne pouvait-on prévenir de sa présence ici Lord Chandos ? Lord Montagu ? Lord Mountjoy ? Lord Shaftesbury ? Lord Salisbury ? Lord Somerset ?

Non, on ne pouvait pas.

Leur faire passer un mot, au moins ?

On ne pouvait pas.

« Je vous en supplie. »

Il fut un temps où les grands seigneurs de la Cour étaient plus abordables, un temps où ils acceptaient de recevoir toutes les suppliques ; il fut un temps où la Reine n'hésitait pas à aller vers son peuple, et imposait les mains aux malades des écrouelles.

Alors que Falstaff continue d'argumenter en vain, sans lasser le flegme de ces hommes de fer, surgit sous le porche, venant du Désert, une chasse en grand équipage, la meute, les piqueux.

« Somerset ! crie Falstaff. Lily... Lily ! »

Lord Somerset cabre son cheval, et se retourne, irrité de s'entendre héler d'un surnom ridicule, qu'il s'est évertué à faire oublier depuis dix ans, irrité de s'être laissé surprendre ainsi — de s'être retourné.

« Ambrose », se reprend Falstaff, conscient de son impair. Lord Somerset l'ignore tout simplement, il réprimande la garde qui l'expose aux injures d'un inconnu. Le service est bien mal fait ! On s'en plaindra à qui se doit.

La meute aboie. Les cinq mignons de Lord Somerset toisent l'inconnu. Celui qui porte la plus longue plume d'oiseau de paradis piquée dans son chapeau demande au marquis :

« Qu'est-ce que c'est que ça ? »

Non pas : Qui est-ce ? — mais bien : Qu'est-ce que c'est que ça ?

Falstaff est ce gros ça, désemparé, qui recule en s'inclinant très bas.

Bardolfe et Pistole se sont esquivés.

C'est donc sans espoir ?

Non... Alice ! — pourquoi n'y a-t-il pas songé plus tôt ? Alice en Cheval de Troie. Voilà. Voilà. Elle met sa robe de cour, la nourrice la coiffe comme une dame de la Cour, des souliers de satin, quelques bijoux loués trois livres la journée à Muray, le loueur d'atours — « de rigueur pour les présentations à la Reine, par privilège royal ». Il ne restera plus grand-chose après, mais, quoi ? on est sauvés ! On prend une barque sur la Tamise, un peu en amont du palais, on dépose discrètement Alice sur la berge, vers le jardin de l'Étang... Les gardes du bord du fleuve ne se méfieront pas, ils penseront à une jeune effrontée revenant d'une partie galante sur l'eau comme il s'en donne tant à la belle saison, et laisseront passer. Ensuite ? À toi de jouer, Alice. Tu iras te jeter aux pieds de Lord Chandos, ou de Lord Montagu, ou de Lord Mountjoy, ou de Lord... À quoi les reconnaîtras-tu ? Chandos a une verrue de la taille d'un œuf de caille au coin de la bouche, Montagu est tordu du bassin depuis une grave chute de cheval, Mountjoy est dévoré de tics. Oh ! et puis j'ai confiance en toi, tu sauras improviser, tu es fine mouche. Et ta jeunesse et ta beauté seront ton viatique. Notre destin est entre tes mains, Alice !

Sur le chemin de l'auberge, Falstaff, aussi exalté qu'il était démoli quelques minutes auparavant, tourne et retourne le projet dans sa tête. Le plan lui semble sans défaut ; la réussite, à portée de la main. Excellent *scenario* — comme disent les comédiens italiens.

Mais, d'abord, botter les culs de Bardolfe et de Pistole, ces lâches qui l'ont trahi pour la seconde fois.

« En vérité, je vous le dis... »

Alice, quand il lui expose son idée, commence par s'affoler. Elle est difficile à convaincre. Il lui faut, en aparté, les témoignages les plus tendres de l'amour que lui voue Falstaff, pour qu'elle finisse par dire oui. Mais ce sera demain — le temps de bien se préparer, de tout bien répéter, de tout bien assimiler.

Courte nuit. Longues heures, le lendemain matin, pour parer Alice. La dame, en robe de cour, une seule grosse perle, de louage, piquée dans ses cheveux tressés, s'assoit à la proue de la barque, les yeux amoureusement tournés vers le pilote, à la poupe — le gaffeur des gaffeurs, Falstaff, qui en oublierait de pousser sur sa gaffe (Je l'aime, je l'aime, je l'aime, je l'aime, je l'aime, je l'aime, je l'aime...).

On avance en silence, au plus près du bord. On peut aborder dans ces herbes hautes, très près du jardin de l'Étang. Comme ces soldats romains au pied de la croix où agonisa notre Sauveur, les trois gardes, ici, accroupis, jouent aux dés. Apparemment, le service est très relâché du côté de l'eau. Pas de Charles Devereux, dans ces parages... Que dirait Lily ?

« La Fortune nous sourit, Alice. »

Alice prend résolument ses souliers de satin entre les dents, relève à pleines mains les jupes et jupons de sa robe, saute sur la rive.

« Vingt-neuf ! » s'écrie un garde.

Elle court vers un passage ménagé dans la haie.

« Trente et un ! » s'écrie un autre garde.

Falstaff dit, trop bas pour qu'elle puisse l'entendre :

« Bonne chance, Alice ! Bonne chance, Dame Alice Falstaff ! »

Deux dames se dirigeaient vers la charmille pour un aparté saphique : Lady Chatterley et Lady Windermere, bras dessus bras dessous, suivies d'un laquais qui balaie derrière elles, au plumeau, le sable rose de l'allée afin d'effacer l'empreinte de leurs pas, témoignage de ce tendre tête-à-tête, ou plutôt côte-à-côte — quand Alice, apeurée comme une biche forcée, débusque devant elles d'un bosquet. Une dame qui ne leur a jamais été présentée ? un tendron, une beauté ! Et qui s'immobilise, tremblante, au milieu du chemin.

« Qui êtes-vous ? demande Lady Chatterley.

— Dame Alice Falstaff, pour vous servir. »

Lady Windermere, ouvrant en un déplié charmant son éventail jusque sous le nez de l'intruse, murmure : « Pour nous servir ? » avec un sourire aussi mutin qu'ambigu.

Lady Chatterley replie le sien et, le pointant comme une dague sur la gorge de la biche, dit mezza voce : « Pour nous servir ou nous espionner, belle enfant ? »

Alice, éperdue, ne sachant que répondre, rameute ses souvenirs des leçons de maintien et de diction que lui avait données Falstaff ; elle s'incline dans une profonde révérence et récite d'un trait, sans reprendre haleine, aspirant les *h*, articulant comme il faut :

« Les hérétiques hongrois honnis, pauvres hères, malgré hauberts et harnais, furent hier humiliés, hués, hachés menu comme hareng et hure de sanglier en hachis, à Hastings. Deux chasseurs sachant chasser, que je sache, vont chez la duchesse à la chasse au souchet... »

Paroles cryptées, peut-être ? se demandent les deux ladies, en échangeant un regard inquiet. Message chiffré ? La malheureuse se trompe de destinataires. Agent du parti français ? La France utilise volontiers des femmes pour ses missions secrètes, et la comtesse du Devonshire en est. Or, la jeune fille est sans aucun doute de sa suite : la comtesse lui donne ses vieilles robes à user depuis qu'elle a tant grossi.

« J'ai l'œil, susurre Lady Chatterley à l'oreille de Lady Windermere, je reconnais ce lampas de Venise losangé à bouffées de taffetas feu, ça a au moins deux ans. Et je ne connais aucun..., qu'a-t-elle dit ? Fallenstaff ? Falsetaff ?

— En tout cas, Artémis, le recrutement de leurs agents laisse à désirer.

— Ou il est supérieurement bien fait ! Nous servons à notre insu de leurre, ma chère.

— Quelle horreur !

— D'appât...

— De... devon, c'est le cas de le dire !

— Puisque ces mystères nous dépassent, Aphrodite, feignons d'en être les organisatrices.

— Eh bien... » dit, avec un air faussement entendu, Lady Windermere à Alice, laquelle continue de regarder, bouche bée comme une idiote, ces deux grandes dames qui affectent, entre elles, de se nommer d'après les noms de déesses de l'Olympe, « eh bien, allez dire à celle qui vous habille que nous ne servirons jamais... un Navarre. »

Et de glousser, en renvoyant dans un grand frémissement de plumes de paon la supposée espionne.

Alice va d'étonnement en étonnement. Le faste que déploient les courtisans qui se promènent dans le jardin de l'Étang dépasse tout ce qu'elle avait pu imaginer quand Falstaff lui lisait des contes de fées. Dans un crissant froissis de satins et de damas, dans un chatoiement de soies, moires, velours, lampas, plumes, perles, rubis, diamants, ils vont et viennent par petits groupes, accompagnés, certains, de serviteurs pour les éventer ou tenir à quatre un dais qui les protège du soleil. Ces senteurs d'iris, de jasmin, de roses de Perse, qu'ils laissent dans leur sillage, lui paraissent plus prenantes que le parfum des fleurs des parterres.

Ici, on joue au palet. Là, c'est un jeu d'échecs vivant : sur un grand échiquier constitué de carrés de pelouse alternant avec des carrés de gravier, des nains font les pions ; des valets coiffés de bonnets à clochettes, les fous ; d'autres manœuvrent les grosses pièces : chevaux, tours, et statues figurant les deux reines et les deux rois, en bois sculpté et montés sur des affûts de canon.

L'un des deux joueurs d'échecs a le visage ravagé de tics nerveux : Mountjoy, se dit Alice.

Mais le moyen de l'aborder ? Il est tout au jeu, et entouré d'une douzaine de flagorneurs qui soupirent de plaisir quand ils l'entendent lancer d'une voix forte :

« Mon fou III 3, sus à v 5 ! Qu'en dites-vous, Shaftesbury ? »

Alice poursuit son chemin vers elle ne sait où, réprimant tout juste une soudaine envie de pleurer. Elle voit s'avancer dans l'allée, escortés de leurs suites qui se taisent respectueusement, deux nobles discutant à voix basse ; l'un a une verrue de la taille d'un œuf de caille au coin de la bouche, l'autre est déjeté. Une providentielle torsion de la cheville arrache un cri de douleur à Alice, Lord Montagu se porte au secours de la belle esseulée :

« Qu'avez-vous, charmante nymphe ?

— Ce n'est rien, Monseigneur », dit-elle.

Lord Chandos l'examine comme il ferait d'une jument que lui présenterait son écuyer :

« Qui êtes-vous, Madame ? De quelle maison ? »

Il interroge du regard un homme de sa suite, expert en ces questions protocolaires, lequel lui répond du regard que la dame est une inconnue, qu'elle n'a pas été présentée à la Reine, ni à la Cour, il le jurerait.

Alice fait la révérence.

« Dame Alice Falstaff...

— Falstaff ! » se récrient en chœur les deux lords.

« Falstaff se serait donc marié ? John Falstaff ?

— Il n'est pas d'autre Falstaff, mon cher ! Il n'y en a qu'un sur terre, et c'est bien assez !

— Vu la masse du bonhomme ! Ha.

— Sir John Falstaff, oui, Messeigneurs.

— Comme elle dit cela !

— Falstaff !

— Falstaff ! Notre Gentilhomme de l'ombre, notre Forestier de Diane...

— Qui aurait trouvé sa Diane !

— Il ne manquait pas d'esprit, le bougre ! Il nous a fait rire quelquefois...

— Oui, mais un répertoire assez imité...

— Imité ? Limité, vous voulez dire, je pense », fait observer Montagu à Chandos, lequel a toujours été un peu brouillé avec le vocabulaire.

Alice guette dans leurs paroles la moindre occasion de placer la supplique de Falstaff, apprise par cœur cette nuit mais en vain. Elle perd espoir.

« Et puis, vraiment trop commun, poursuit Chandos.

— Aucun sens de la mesure.

— Toujours entre deux vins... Puant la futaie...

— La futaille.

— À dire vrai, je le croyais mort.

— J'avais entendu dire qu'il s'était... quoi ? noyé ? noyé, oui, à Windsor.

— Noyé dans le xérès ?

— Ha !

— Falstaff ! Notre Mignon de la lune !

— Falstaff marié !

— Feu Falstaff marié !

— Avec une beauté, ma foi ! Beaux cheveux, beaux yeux, belles dents. De la distinction... Le bougre a bien choisi.

— Mais nous ne savons toujours pas de quelle... maison.

— Vous n'avez pas été présentée, que je sache », dit Montagu à Alice, changeant brusquement de ton. Et, tout en désignant deux hommes de sa suite : « En raison de votre beauté..., de votre distinction..., on vous fera grâce d'un scandale, Dame Alice Falstaff : ces deux gentilshommes vont vous raccompagner jusqu'à la petite entrée du Carrousel. Mais n'y revenez pas. »

Tandis qu'il la regarde s'éloigner en boitillant entre les deux gentilshommes, Chandos soupire comme un homme à femmes regrettant une occasion perdue :

« Dommage ! Une ravissante petite imposteuse...

— Impostrice ? fait Montagu, dubitatif. Imposteuse ? Impostrice ? Ah ! Falstaff aurait su. Il savait ces choses-là.

— Une impudeuse, en tout cas.

— Impudente, Chandos, impudente.

— Ces filles ont toutes les audaces. Venir jusqu'ici nous recoller !

— Falstaff a laissé quelques bons souvenirs chez ces dames, semble-t-il. Si elles prennent son nom pour nom de guerre...

— Celle-ci, convenez-en, n'avait rien d'une putain. Elle ne déparurerait pas à la Cour. Elle avait plus d'allure que beaucoup de nos dames titriées.

— En effet. C'est Cecil qui me disait l'autre jour, à propos d'une fille : “Elle est bien trop raffinée pour être une lady” !

— Ha. »

## XV

« Que tu aies pu imaginer, Alice, que je te gronderais ! »

Il la tenait dans ses bras, serrée sur son ventre. Elle était toute à lui dans la détresse, plus proche encore qu'elle n'avait été lors du premier baiser sur la bouche, du premier aveu. Leur échec les unissait plus que ne les avait unis la promesse du succès, la veille, la nuit, quand à la lueur d'une chandelle il lui avait fait répéter son rôle, apprendre mot à mot sa supplique — sa déshonorante supplique. Il éprouvait une sorte d'amer plaisir à la consoler, à la dévorer de tendresse, comme un ogre qu'il était, avec son amour d'ogre ! comme une mère beaucoup plus que comme un père en cet instant, comme sa nourrice quand il était enfant, lui qui n'avait jamais connu sa mère, Dame Amy Falstaff. Elle s'abandonnait maintenant, elle s'anéantissait dans cette molle masse de chair. Enfoncement, chaleur, douceur du velours sombre d'un vieux pourpoint, morve et larmes — noir bonheur. Lui, aimait jusqu'à sa laideur soudaine, ses lèvres et ses paupières gonflées, sa peau marbrée par le chagrin. Et ce gémissement ténu, ces hoquets d'enfant qui se serait blessée en jouant.

« Que tu aies pu imaginer, Alice, que je te mépriserais ! Je les méprise eux. Je les méprise depuis toujours, en vérité. Et mon mépris s'est encore accru du mépris qu'ils t'auront marqué. »

Alice avait erré longtemps avant de revenir à l'auberge. On croisait cette dame bizarre, en robe de cour, qui marchait sans but, claudiquante et solitaire, le regard vide, murée dans sa peine. Sans dire un mot à Falstaff, qui l'accueillait sur le seuil de La Fortune, elle était montée à sa chambre, s'était effondrée en sanglots sur le lit qu'elle partageait avec Mary. Falstaff l'avait suivie sans poser de questions, ayant trop bien compris tout de suite qu'elle avait échoué, et s'en voulant à lui de son échec. Il s'était contenté de signifier d'un geste à la nourrice, et à Kate, de sortir, de le laisser seul avec elle.

Comment avait-il pu l'envoyer ainsi en mission, lui qui un jour avait osé contrefaire le mort pour ne pas avoir à se battre, en Écosse ? Comme s'il ne savait pas, comme s'il n'avait pas toujours su en son for intérieur qu'on ne renoue pas ainsi avec d'anciens amis parvenus entre-temps aux plus grands honneurs ! qu'on ne recommence d'ailleurs jamais rien, avec personne — il n'y a qu'un Falstaff, pour pardonner à des Bardolfe et des Pistole. Tout passe, tout lasse. La vie ne ressert pas les plats. On ne se baigne pas deux fois dans le même fleuve... Et cetera. Et cetera. Les sages de l'Antiquité s'accordent sur ce point. Et Falstaff, autrefois, savait les citer à Gu, à Dos, à Wes, à Bobo, à Lily... C'était là un de ses talents reconnus.

Mais comment, mais à quel moment a commencé le désaccord entre eux et lui ? ce sentiment qu'ils ne jouaient plus à l'unisson, ce sentiment qu'il détonnait, lui, qu'il jouait une autre musique qu'eux ? il ne cesse de remuer la question. La plaie est restée ouverte en lui, la blessure n'est pas guérie.

Comment... ? À quel moment... ? Mais ! depuis toujours, Falstaff. Et, en somme, tu l'as toujours su. Tu jouais le jeu, et cependant tu y assistais aussi. Tu étais et acteur et spectateur de la comédie de l'amitié. Tu n'étais pas tout à fait dupe, pour ton malheur. Tu gardais sur tes amis ton idée de derrière ; ils devaient le deviner obscurément, sentir, sans en avoir bien conscience, ce regard sur eux, qui les jugeait. Tu faisais allégeance tout en les défiant un peu. Leur affabilité, quand ils se montraient bons à ton égard, pouvait t'agacer parfois, comme peut agacer l'indiscrétion d'un supérieur. Tu y voyais alors une indélicatesse. Mais, quand, en bande, vous vous montriez arrogants, tu jouissais de l'impunité qu'ils t'offraient, tu essayais de ne pas voir l'humiliation dans les yeux de ceux que vous molestiez ensemble et, ma foi, tu y réussissais très bien, Falstaff ! Les cavalcades à la lueur des torches, dans les rues de Londres, après les beuveries... Tu ne fus pas le dernier à piétiner ce mendiant renversé par Lily ! Tu riais, comme eux. Tu te disais, comme eux, que la bassesse des victimes, leur empressement à servir leurs bourreaux, dispense les bourreaux de toute miséricorde. Malheur aux malheureux ! Sauf que tu te trouvais, toi, des deux côtés, Falstaff. Donc, d'aucun... Tu étais double, Falstaff. Tu étais déchiré. Tu appartenais à leur monde sans y appartenir. Pour t'y maintenir, tu devais forcer le ton, grimacer plus que les autres. Puisque tu n'avais, toi, pas d'autres dons de naissance... Est-ce qu'il ne t'est pas arrivé de rire très fort d'un mot de Gu qui n'était pas drôle ? De complimenter Lily pour un madrigal de sa composition que tu jugeais à vomir ? Les bouches peuvent mentir, mais leurs grimaces disent alors la vérité cependant : aussi avides de flatteries qu'ils étaient tous, ils ne t'en méprisaient pas moins de les flatter. Ils décelaient la grimace dans tes sourires. Ta complaisance aura nourri leur dédain pour toi, puis leur désaffection, mais tu n'étais pas encore assez enthousiaste. Tu n'en faisais pas encore assez ! toi qui en faisais trop, comme on dit d'un acteur qu'il en fait trop ! qu'il charge ! Tu chargeais, Falstaff ! Tu grossissais le trait. Or, ce n'est pas tout de flatter, il faut que la flatterie semble sincère, pure, sans une seule once d'ironie ajoutée, sans sel. Mais c'est qu'ils te dégoûtaient, aussi, tous autant qu'ils étaient, avec leur soif d'honneurs et de respectabilité, ces Gentilshommes de l'ombre dévorés d'ambition ! Ces Forestiers de Diane dont la seule obsession était de parvenir jusqu'au lit de la Reine ! jusque dans le lit de la Reine ! Sous les draps ! Le lit de la Reine leur tenait lieu de Graal, ces modernes chevaliers ! Devenir l'amant d'Élisabeth, qui avait déjà l'âge d'être leur mère à tous ! Coucher avec leur mère ! Coucher avec la mère de l'Angleterre ! Le rêve de tous ces Œdipe en chausses de soie et fraise gaufrée ! Le rêve même de Puppy, qui n'a jamais touché à une femme ! Baiser leur mère, la Reine vierge ! Baiser la Vierge ! Ah ! ils peuvent toujours se moquer des fariboles de l'Église romaine ! dénoncer le culte à la mère de Jésus ! Mais c'est qu'en vérité, il y aurait concurrence, sinon ! Ils ne peuvent pas s'agenouiller devant deux vierges souveraines à la fois. Ils ont choisi. Ils ont choisi celle qui peut leur procurer des pensions, des charges, des titres, des monopoles, des privilèges dans ce monde-ci... Ils voulaient les plaisirs du pouvoir. Ils voulaient les plaisirs du pouvoir, mais sans renoncer à des plaisirs plus vulgaires. D'où, faux-semblants, poses, ruses, dissimulations, raffinements d'hypocrisie. Dont le spectacle heurtait ta délicatesse, Falstaff ! toi, le grossier personnage de la bande. Alors, tu étais leur bouffon, leur paillasse, et tu étais la paille sur quoi ils essuyaient leurs bottes boueuses, après la chasse aux oies de Winchester. Tu étais ce pauvre Falstaff ! ce fou de Falstaff ! Mais, où commence la corruption ? À quel moment le goût, délicat, pour la viande faisandée tourne au goût, perverti, pour la charogne ? À force de te frotter à ces taffetas, à ces brocarts, à ces rubans bleus, tu t'es mis à bleuir, Falstaff ! Il fallait bien, c'était là ton excuse, vivre ; donc, te laisser entretenir. Mais quand tu as été bien blet, mou, marron, bouffi, près d'éclater, ils t'ont jeté comme on jette un fruit trop mûr. C'était toi qui les dégoûtais, à présent.

Certes, toute vie est un processus de décomposition. Mais te voici, Falstaff, tenant dans tes bras une enfant que ces brutaux aux bonnes manières ont cruellement vexée. Te voici, un seul shilling en poche, sous ce plafond trop bas, qui t'oblige à te baisser, Falstaff, dans la chambre miteuse d'une auberge dont l'enseigne est une provocation, et tu essaies de te convaincre, en vain, que celui qui n'a plus rien n'a plus rien à perdre ! tu essaies de croire encore que survivre serait un peu plus que vivre !

Belles paroles ! mais ce n'est pas avec des paroles que tu nourriras ta suite ! ta maison ! Mr. Fast, le Mr. Quick d'ici, ne va pas tarder à te présenter la note, à s'impatienter. Et le moyen de faire des dettes, si tu n'as plus rien à gager ? Il va falloir jeûner chez Mr. Fast !

Alice a fini par s'apaiser entre ses bras. Falstaff ouvre la porte qui donne sur la galerie. De la cour, montent une dispute, des cris, des jurons. Il distingue le bafouillis de Bardolfe, la voix grave de Pistole :

« Vous commenfez à nouf échauffer lef oreilles !

— Je crois que ces messieurs veulent goûter du bâton, Bardolfe, ils en auront ! »

On leur demande de garer un peu mieux le chariot au fond de la cour, afin de laisser assez de place à des comédiens qui désirent garer le leur pour la nuit. Bardolfe et Pistole prétendent l'avoir fait déplacer deux fois déjà, ils refusent que Moth et les valets d'auberge se fatiguent plus, surtout pour des saltimbanques. Si les autres insistent, ils feront appel à leur protecteur, le puissant Sir John Falstaff, qui a ses entrées à la Cour !

Quand Mr. Fast s'en mêle, la curiosité l'emporte : Falstaff abandonne là Alice, et descend voir.

Mr. Fast plaide la cause des gens de théâtre qui arrivent en masse depuis ce matin à Hampton : c'est une fête, chaque année, lorsque... Sans vouloir en écouter plus, Falstaff remonte aussitôt l'escalier, leste, bondissant comme au temps où il était page de Lord Norfolk, quand il portait les messages du duc aux dames d'honneur de la Reine.

« Alice ! Alice, nous sommes sauvés ! »

Mr. Fast vient de lui faire souvenir que tous les ans, en effet, la deuxième semaine de septembre, dans une prairie mise à leur disposition par le Bureau des Réjouissances, des troupes ambulantes venues des quatre coins de l'Angleterre présentent à la Cour des échantillons de leurs spectacles. C'est une espèce de foire aux bestiaux dont les bestiaux seraient les artistes. Les nobles qui ont leurs compagnies dramatiques personnelles y recrutent de nouveaux talents, d'autres y choisissent des troupes déjà constituées, qu'ils veulent s'attacher et fixer ensuite dans leur ville, ou à Londres. Sir Edmund Tilney y fait, pour ainsi dire, son marché ; il peut décider là qui aura le privilège de jouer devant la Reine, à quelle compagnie il accordera les licences nécessaires, à quelle compagnie il les refusera. Des carrières ont pris leur envol dans cette prairie d'Hampton, des troupes y ont été anéanties comme les armées de Richard III à Bosworth. Comme les armées de Pompée... Hé bien ! *alea jacta est.*

Falstaff redescend l'escalier plus légèrement encore qu'il ne l'avait monté, sans risquer de casser de marches comme à la Jarretière.

Il lance aux comédiens avec superbe :

« Ce chariot vous gêne, messieurs ? » et, désavouant Bardolfe et Pistole, fait signe à Moth d'atteler.

Dès ce soir, tous les quatre iront garer le chariot dans la prairie — les tréteaux où il fera ses débuts demain... Sir John Falstaff ? John Falstaff ? Falstaff tout court ? comme on dit : Burbage ?

Les comédiens, bons camarades, et sans rancune, lui apprennent qu'il n'est pas permis de s'installer la veille.

« Merci, messieurs. Merci, mes amis, si je peux vous appeler ainsi. »

Et comme dans la plus folle des comédies, Falstaff remonte une nouvelle fois l'escalier, court dans la galerie, enfonce la porte d'un coup d'épaule... Burbage bissait bien l'effroi d'Édouard II, pourquoi ne bisserait-il pas, lui, sa propre joie ?

« Alice ! Alice, nous sommes sauvés ! »

## XVI

La prairie est assez vaste pour qu'on y dispute des joutes et des tournois. Le peuple y joue, lui, à ce vil jeu de ballon que le Grand Chambellan a voulu interdire en raison de sa brutalité, mais jusqu'ici sans résultat. Et au pied des grands arbres qui la bordent, les fourrés sont embroussaillés de flèches brisées, car le terrain sert aussi de champ d'exercice au tir à l'arc.

Il a bien fallu parlementer un moment, à la barrière : la Compagnie Dramatique d'Oldcastle était inconnue des huissiers, et aucune mention de ce nom sur les registres du Bureau des Réjouissances. Mais le service, ici, n'a pas la rigueur de celui qui sévit aux portes du palais royal : Sir Edmund Tilney autorise quiconque n'a pas trop mauvais air à tenter sa chance.

Bardolfe et Pistole, s'apercevant qu'un des quatre côtés de la prairie est resté inoccupé, en ont conclu que c'était là l'endroit idéal où s'installer, ces imbéciles.

« Mais non, il doit y avoir une raison, dit Falstaff.

Le vent qui souffle dans ce sens et emporte les paroles. Ou parce que, aux heures où on joue, les spectateurs auraient le soleil dans les yeux... Il faut penser à tout. Le spectacle est un métier. »

Ils manœuvrent donc pour placer le chariot entre les tréteaux roulants de deux grosses compagnies qui n'en ont pas moins de cinq l'une et l'autre, et dont les chefs, l'un comme l'autre, ne sont pas mécontents de voir une si piètre scène s'intercaler entre les leurs — en tampon. Moth dételle.

On s'affaire partout, on se costume en rois, en dieux, en diables, en magiciens, en sénateurs romains, en pères nobles ; de jeunes hommes deviennent bergères, princesses, ou folles. Chacun se récite son texte entre haut et bas, on pourrait se croire dans un hospice pour fous. On monte les rideaux de fond, par où se feront les entrées et les sorties. Des toiles peintes sont déroulées à la volée, quelques accessoires disposés sur les planches. En moins d'une heure, les rivages de la prairie se sont couverts de ports, de temples, de palais, d'enfers, de champs de bataille, d'Indes, de Venises, d'îles enchantées. Décors de rien, sans perspectives, paysages juste suggérés, de cette matière inconsistante, bleutée, nuageuse dont sont tissues les aventures inaccomplies, les voyages au long cours auxquels on a seulement rêvassé.

Décors un peu plus matériels, toutefois, que celui devant lequel jouera Falstaff, l'unique acteur de sa compagnie. Mais les ridelles de son chariot lui feront les barreaux d'une prison. Des barreaux qu'il empoignera à pleines mains, des barreaux derrière lesquels il clamera sa détresse, sa colère, sa mélancolie. Mais ses espoirs aussi. Mais sa joie.

C'est l'usage de commencer à jouer avant que la noblesse arrive et fasse le tour des tréteaux comme, au marché, les bourgeois vont d'étal en étal pour comparer la marchandise avant d'acheter. Bardolfe, Pistole et Moth se sont assis dans l'herbe devant les roues du chariot ; Mary, Alice et Kate, dans le chariot, sur des coussins, derrière Falstaff. À leur gauche, on joue, dans le désordre, les scènes les plus animées d'*Arden de Faversham*, qui fait recette depuis sa création, il y a douze ans. À sa droite, une pièce, plus récente, de Thomas Kyd : *La Vengeance d'Hamlet.* Qu'a-t-il à opposer, lui, à ces tragédies si sanglantes et bourrées d'effets terrifiants ? Qu'a-t-il à déclamer d'assez intéressant pour détourner un instant à son profit l'attention d'un public si friand de cruautés ? Un public qui se délecterait tout autant de voir des chiens dévorer un ours. Un public qui avait eu la bassesse de siffler ce géant noir des Abruzzes, lorsqu'il s'était vengé, lorsqu'il avait déchiqueté le valet d'arène — « *Bravo, Orson' !* »

Allons ! cesse de tourner comme un ours en cage ! Le monde est-il une prison ou un théâtre ? se dit Falstaff en prenant à pleines mains deux barreaux de la ridelle. Allons, Falstaff ! Alice te regarde, tu ne peux plus reculer. À la guerre comme à la guerre ! Impossible de contrefaire le mort, ici, en attendant que sonne le cor qui annonce la retraite, la défaite, la fin — quand enfin tu as pu te relever, si difficilement, d'ailleurs, encombré que tu étais de ton armure inutile, qui déjà commençait à rouiller sous la pluie écossaise... Écoute ! de toutes les scènes autour de la prairie, ce champ de bataille, s'élèvent des roulements de tambours maintenant, et le son incisif des fifres, censé encourager les combattants. L'assaut est donné. Joue, bouffon ! Joue ! Fais-les rire ou fais-les pleurer, mais joue !

Falstaff vainc peu à peu son appréhension en se remémorant ses improvisations à l'auberge de la Jarretière. Les acteurs appellent cela « se chauffer », non ? Ils ne se lancent pas de but en blanc dans l'inconnu, en déclamant aussi fort que possible. Souvent, avant d'entrer en scène, ils se récitent une tirade puisée dans leur répertoire, un morceau de bravoure qu'ils connaissent par cœur et qui a fait leur succès. Ils n'attaquent pas fortissimo, mais piano piano. Il faut le temps de poser la voix, le temps d'aborder le personnage qu'on incarnera, celui à qui on donnera sa chair, à qui on abandonnera son âme. Ce n'est pas tout de s'être costumé, il faut encore revêtir son rôle, s'en envelopper comme dans une cape, ou une toge.

Il reprend donc sa *Vie de Falstaff*, acte I, scène 1 :

« L'an 1558, le jour béni où notre souveraine fut proclamée à Westminster, je poussais mon premier cri dans le vieux château d'Oldcastle, pour commencer ma vie par un pléonasme. » (Il est décidément assez content de ce concetto.) « Hélas ! je commençais aussi ma vie par un meurtre : ma mère mourut en me donnant le jour, et ma naissance fut le premier de mes remords. Mon père, John, comme moi, et, comme moi, Falstaff... »

L'émotion le gagne. Elle l'emporte, lorsque après avoir évoqué la mort de Dame Amy, il en vient à la mort de son père alors qu'il n'avait pas encore onze ans :

« Il est parti juste entre midi et une heure, juste au retournement de la marée. Quand je l'ai vu farfouiller dans ses draps, jouer avec des fleurs, sourire aux bouts de ses doigts, j'ai su que c'était sans retour... »

Ensuite, l'affreux manteau noir taillé comme un sac, en laine râpeuse, qu'il lui avait fallu enfiler pour l'enterrement, et dont le lien lui cisaillait le cou. La nausée quand il lui avait fallu, aussi, poser ses lèvres sur le cercueil, puis s'agenouiller sur une pierre tombale où le père de son père était éternisé dans une armure de marbre. La nef, si froide, de la cathédrale, qui résonnait des hymnes sacrés entonnés à pleine voix, l'écho réverbéré par les colonnes, le ciel étoilé peint à la voûte. Ce regard inquisiteur que lui jetait son parrain, le duc de Norfolk... L'horreur d'un enfant de dix ans, l'horreur que revit si intensément Falstaff. Ses yeux s'emplissent de larmes, il retrouve à son cou la sensation que le cordon du manteau noir l'étrangle, qu'il le décapite. Il suffoque. Il voit dans un brouillard irisé ces visages levés vers lui : un petit attroupement s'est formé autour de son chariot. Il se ressaisit, essuie ses yeux dans sa manchette.

À l'orée de la prairie, derrière la barrière, c'est maintenant tout un embarras de carrosses, de litières, de chevaux : la Cour vient d'arriver. Les nobles commencent à aller et venir de tréteaux en tréteaux, aucune compagnie ne pourrait rivaliser pour les costumes avec un si somptueux spectacle. Bardolfe, Pistole et lui n'auraient pas vu plus d'oiseaux de paradis s'ils avaient traversé l'océan, se dit Falstaff. La mode des plumes versicolores tourne à la folie : c'est à qui aura la plus haute, la plus fournie, la plus colorée ! Une vraie volière de prince oriental. Et aussi piaillante, aussi caquetante et cancanante... Repris par son démon, Falstaff ne peut s'empêcher de lancer un sarcasme, en faux aparté :

« Plus l'Angleterre se déplume, plus sa noblesse s'emplume ! »

Il entend rire de bon cœur, il n'en croit pas ses yeux : Burbage ! le grand Richard Burbage se trouve parmi ses spectateurs, accompagné de Sir Edmund Tilney. Deux autres hommes, qui, au bout de quelques répliques, en ont eu assez de s'ennuyer à *La Vengeance d'Hamlet*, les rejoignent et les saluent. Falstaff les reconnaît aussi : c'est cet acteur et auteur qu'il a vu dans une pièce de Ben Jonson, *Chacun son humeur*, et dont il a applaudi *La Mégère apprivoisée* — c'est ce Shakescene, comme on le surnomme, tellement il bouscule les conventions au théâtre. Shakespere en vérité, ou Shakespeere, ou Shakespeare — un nom de cette consonance, s'il se souvient bien. Quant à l'ami de ce Shake-quelque-chose, l'ami qui porte à l'oreille gauche un anneau identique au sien et se penche sur son épaule, c'est Willie Hughes, dont Marlowe avait été fou d'amour, lui aussi. Will est toujours très beau, mais il a forci, et ses traits se sont durcis : il ne pourra plus très longtemps jouer Catarina, Portia, ou la Princesse de France des *Peines d'amour perdues.*

Y compris Tilney, pourtant courtisan jusqu'au bout des ongles mais qui a su rester proche des artistes et adopter leurs modes, les quatre hommes ont une mise aussi simple qu'élégante : lainage noir de Galles et col souple en batiste, au lacet défait — qui tranche sur l'extravagant bariolage des paons et faisans dorés de la Cour.

Lord Chandos, par exemple — casaque lilas, toque prune, plume d'oiseau-lyre —, ou Lord Montagu — pourpoint à piqué petit point, en pou de soie, plume de gobe-mouches —, qui regardent bouche bée, juché sur ce chariot, leur ami d'autrefois — Falstaff ! Un Falstaff ébahi pour d'autres raisons : il y a seulement cinq ans, Dos et Gu prônaient la sobriété en matière vestimentaire. À croire que, depuis, l'ordre est venu d'en haut de s'attifer aussi follement : un moyen de relancer les tissages anglais ou de remplir les caisses de l'État maintenant qu'on a doublé les taxes sur les soieries et lainages importés de Lyon, de Flandres ou de Lombardie, et que les marchands hanséatiques ont été bannis d'Angleterre.

« Falstaff !

— Falstaff réussité. Il n'était donc pas mort noyé à Windsor ?

— Falstaff est immortel. Il s'est conservé dans sa graisse comme la bonne charcutaille !

— Le plus fort est que cette jeune impénitente que nous avons éconduite hier, Montagu, ne nous mentait pas, il y a bel et bien une Dame Alice Falstaff...

— Oui, regardez ! elle est assise derrière lui.

— Quelle blague ! Falstaff ne nous aura décidément rien épargné. Il ne lui manquait plus que de se faire histirion...

— Histrion, Chandos, histrion. Mais, en somme, histrion, il l'a toujours été ! Il lui manquait seulement d'en faire son métier... Tiens ! » ajoute, avec un mépris non dissimulé, Montagu, en jetant une bourse au comédien amateur pardessus la ridelle du chariot.

Falstaff l'attrape au vol et a assez de panache pour remercier d'un gracieux sourire ; Burbage, Hughes et Shakespeare admirent.

Lord Somerset — chausses à ruchés, perles en sautoir, plume de zizi du Brésil — s'approche à son tour.

« Falstaff ! un chevalier ! s'abaisser à monter sur les planches ! »

Aucun des trois comédiens de métier, ni même

Sir Edmund Tilney, n'ose demander le silence : que Falstaff puisse poursuivre. Mais un jeune lord qui s'est joint à leur petit groupe peut se permettre, lui, d'inviter ses pairs à se taire :

« Je vous en prie.

— Aoh ! c'est vrai, murmure Montagu, Southampton pose au Mécène...

— Un Mécène qui tient Falstaff pour un artiste ! » fait Chandos derrière sa main gantée d'autruche. « La chose est assez cocassière...

— Cocasse, en tout cas. »

Falstaff se dit que, devant un parterre si choisi, il doit viser plus haut, s'élever vers la poésie savante, tenter d'égaler Marlowe, invoquer les dieux de la Mythologie, voler vers l'Olympe :

« J'étais Ganymède, improvise-t-il. J'étais Ganymède, le berger enlevé par Zeus : j'étais un garnement qui courait les champs, qui tirait la queue des vaches et, du jour au lendemain, sur ordre de mon parrain, le duc de Norfolk, je dus venir vivre à la Cour, parmi la pourpre, l'or et le marbre. Pourquoi les peintres représentent-ils toujours un Ganymède indifférent à son sort, ou, mieux, souriant comme un idiot, ravi que Zeus le ravisse ? Mais lorsque Zeus, sous l'apparence d'un immense aigle noir, s'abat, par surprise, sur ce pauvre enfant qui gardait son troupeau, quand il le saisit du bec par un bras, qu'il le soulève de terre, qu'il l'emporte, l'enfant ne sourit pas, il pleure d'effroi ! il en pisse sous lui. Quelle horreur ! se voir ainsi happé, hissé jusques aux nues dans un grand fracas d'ailes... Je me roulais à moitié nu dans l'herbe d'Oldcastle, à Whitehall je devais m'engoncer le cou dans une fraise empesée bien aussi urticante que le cordon du manteau de deuil, je devais m'encastrer le torse dans une petite cuirasse de parade forgée à mes mesures, qui pesait au moins douze livres ! Je devais jouer le jeu. Mais si je n'en connaissais pas les règles ? Le duc me jetait dans le monde comme l'aigle jette hors du nid ses petits : qu'ils volent de leurs propres ailes ! Mais l'aiglon qui n'a pas appris à voler ? »

Des ricanements saluent sa tirade, qui, loin de le vexer, excitent sa verve vengeresse. Falstaff secoue les barreaux de bois de la ridelle au risque de les desceller, il lance :

« Regardez-les ! Toujours prêts à vous dévorer comme les chiens dans l'arène, mais crevant de peur, eux aussi ! comme les chiens dans l'arène. Montrant les crocs non pas tant pour mordre que pour menacer ! que pour se cacher qu'ils crèvent de peur... Juvénal l'a dit : on n'arrive pas du premier coup à l'abjection totale. Il a fallu ramper longtemps, d'abord. Et ramper au milieu des flatteries de l'entourage, ce qui rend le terrain plus glissant ! Ramper dans la bave des compliments, assourdi par les salves d'applaudissements... Ramper tout en s'imaginant qu'on volait déjà ! Des années et des années de servitude volontaire avant de pouvoir aboyer des ordres, à son tour ! avant de se hausser du col ! Des années de servitude mais d'une douce servitude, mais d'un esclavage dans la soie et les plumes... Regardez ces jeunes gens qui les entourent, ces jeunes gens qui les servent et les complimentent, ces jeunes gens qui, le temps venu, quand on leur aura bien rogné les serres avec de petits ciseaux d'or et cousu les paupières comme aux jeunes faucons, pourront accéder aux plus hautes charges de l'État, aux plus grands honneurs ! Regardez celui-ci ! » fait-il, sans désigner personne en particulier — mais cinq ou six oisillons de la suite emplumée des lords Montagu, Chandos, Dorset et Somerset, qui assistent à sa sortie, peuvent fort bien se sentir visés. « Regardez cet étourneau, qui a encore quelques débris de coquille sur le crâne ! Que d'embarras il devait faire, au sein de sa nourrice, avant de commencer à téter ! Comme tant d'autres de cette couvée dont je sais que raffole notre époque futile, il ne fait que chanter l'air à la mode, il a acquis les manières du temps. Mais ce qu'il prend pour sa pensée politique et son grand dessein, n'est qu'un ramassis d'opinions toutes faites et de préjugés frais du jour. Soufflez dessus, les bulles crèvent ! De la petite bière, oui, de la petite bière éventée... Mais c'est pourquoi il réussira. Notre époque a fait de grands progrès : nous pouvons nous passer de génies, nous ! Nous sommes sortis de ces siècles obscurs où un peu d'intelligence était nécessaire pour bien gouverner... »

Des sifflets, des huées couvrent la voix de Falstaff, des gants lui sont jetés au visage. Alice blêmit quand elle voit dans cet attroupement, devenu haineux, des jeunes nobles s'écarter respectueusement pour laisser s'avancer vers le chariot le comte d'Essex, et sa suite : elle a reconnu Charles Devereux.

« Mais ! s'écrie le comte, je vois là mon confident. N'est-ce pas, cousin ? n'est-ce pas, Sénèque ? »

Charles Devereux s'incline.

« Que fait ce mauvais bouffon ici ? Il n'est pas comédien de profession, que je sache. Il vole le pain des vrais artistes qui sont venus nous présenter leurs nouveautés. Qui l'a laissé installer son chariot ? Qui a eu cette faiblesse de l'autoriser à entrer ? »

Questions de pure rhétorique : Robert Devereux, comte maréchal d'Essex, ne s'attend certes pas qu'on ose lui répondre. D'ailleurs, il ordonne l'assaut immédiat. Pour ce faire, il lui suffit d'un claquement mat de son index sur son pouce ganté.

Les hommes de Charles Devereux se ruent sur le chariot, mais sans un mot, sans gesticulations inutiles, en soldats disciplinés. Ils arrachent les ridelles, cassent les roues... Le chariot se disloque et s'effondre, les femmes crient, Falstaff tombe lourdement dans l'herbe et se froisse l'épaule. Les gardes brisent méthodiquement les barreaux, les essieux, les rayons des roues, le plancher — non sans décocher en passant, comme par mégarde, quelques coups de pied à Falstaff, toujours à terre, et qui ne parvient pas à se redresser malgré ses efforts.

Plus un spectateur pour assister à la *Vengeance d'Hamlet*, ou à la *Lamentable et véridique tragédie d'Arden de Faversham* : voici de la vraie cruauté, de l'action réelle, des violences non simulées ; le sang n'est pas du sang de porc mais du sang humain, du vrai.

Voici de la farce, également : Falstaff, qui a le visage en sang, n'en continue pas moins de hurler :

« Ma bourse ! Ma bourse ! La bourse de Montagu ! »

Et des pages, qui ont ramassé l'écusson portant les armoiries de Falstaff, s'amusent à se le renvoyer comme font les gens du peuple quand ils jouent au ballon dans cette prairie, en criant pour se moquer :

« *Passavant ! Passavant !* »

Les lords et leurs suites se sont retirés dès le début de l'assaut. Charles Devereux commande à ses hommes d'arrêter :

« C'est assez. »

Bardolfe et Pistole, à quatre pattes, cherchent dans les décombres du chariot la bourse perdue. Alice s'est agenouillée devant Falstaff, elle l'étreint, elle le supplie de lui dire s'il est gravement blessé, elle lui essuie le visage.

« Votre bourse, Sir John... »

C'est William Shakespeare qui lui tend la bourse de Montagu, qu'il a ramassée dans l'herbe, et ajoute, en lui en tendant une autre, plus lourde :

« Acceptez aussi celle-ci, Sir John, de la part de mon protecteur, Lord Southampton. » (Toi qui, pas plus tard qu'hier, Falstaff, te disais que ce n'était pas avec des paroles que tu nourrirais ta suite !) « Et acceptez nos applaudissements à nous, Richard Burbage, William Hughes... William Shakespeare, votre serviteur. »

Les trois acteurs s'inclinent devant Falstaff, avant de l'aider à se relever.

« Avez-vous le bras cassé ?

— Je pense que non », répond Falstaff, en réprimant une grimace. « Et j'avais déjà perdu trois dents devant...

— Cela ne vous gêne en rien pour déclamer », lui dit Richard Burbage.

Et William Shakespeare :

« Je souhaiterais, Sir John..., ne vous offensez pas ! je souhaiterais, oui, vous faire monter sur les planches. Vous écrire un rôle, peut-être.

— Vous vous moquez de moi, je pense.

— Je ne me le permettrais pas, Sir John. Croyez bien que je suis sincère.

— Mais, quel risque pour vous ! Ne serait-ce que de déplaire au comte d'Essex...

— Nous sommes, comme j'ai eu l'honneur de vous le dire, sous la protection de Lord Southampton, et aucune faveur n'est éternelle. La roue de la Fortune ne cesse de tourner. Vous en savez quelque chose, Sir John, si j'ose...

— Osez ! osez ! » se récrie Falstaff, en riant. Et sur le ton de quelqu'un qui veut se faire encore un peu prier, de quelqu'un qui se dénigre tout en pensant le contraire en son for intérieur : « Mais ! je ne saurais pas jouer la tragédie... Ni, du reste, la comédie.

— Si des comédiens vous le disent pour vous avoir vu jouer...

— Et non des moindres », fait Falstaff, rougissant de plaisir.

« Si ces comédiens gagent que vous saurez...

— Craindriez-vous de déroger, Sir John ? lui demande Burbage.

— J'aurais très mauvaise grâce à dire : oui, je crains de déroger, à des seigneurs tels que vous. Il y a plus de noblesse en vous, messieurs, que dans tous ces décorés de l'ordre de la Jarretière qui sont venus ici s'acheter des acteurs comme ils s'achèteraient des chevaux.

— Qu'est-ce donc qui vous retiendrait encore, Sir John ? » l'interroge Shakespeare.

Falstaff, confus, lui sourit et lève les bras au ciel, faute d'arguments nouveaux.

Shakespeare lui cite avec une sorte de tendresse solennelle ces mots :

« Ah, vous autres, hommes faibles et merveilleux qui mettez tant de grâce à vous retirer du jeu ! Il faut qu'une main, posée sur votre épaule, vous pousse vers la vie... »

Falstaff ne sait de qui.

## XVII

*Incipit vita nova.* Un vent léger et capricieux fait faseyer les voiles, on lève l'ancre enfin. Oh ! ce n'est pas pour les sables d'or, les récifs de marbre, les palmes, l'azur... Mais on se rend à Londres par l'eau : Lord Southampton a mis un brigantin à disposition.

On descend paresseusement la Tamise. Les rives du fleuve ont les couleurs de l'été finissant, les arbres roussissent et commencent à perdre leurs feuilles. Puis, ce seront les pluies d'automne, les brouillards. Mais encore aujourd'hui le ciel est bleu tendre comme dans une miniature d'Hilliard ; et l'allégresse, dans les cœurs. Ne manque pas même cette petite tache de mélancolie sans laquelle aucun bonheur n'est parfait, cette petite touche de noir de plomb que le bon peintre délaie toujours dans ses roses pour en rehausser l'éclat : à la proue du bateau, Willie Hughes, le dos mollement calé dans de gros coussins, chante une chanson triste en s'accompagnant de son luth :

« L'hier,
Tous mes soucis me semblaient si lointains,
L'amour était jeu si aisé à jouer... »

Alice savoure l'ironie involontaire des paroles, elle se dit qu'au contraire les soucis d'hier se sont envolés. Tout semble si facile à présent ! Comme dans un conte de fées, le moindre vœu est exaucé à peine formulé. Falstaff peut-il emmener avec lui, outre Alice, Mary et Kate ? Oui, certes. Et Bardolfe, et Pistole, et Moth ? Oui aussi. Henry Wriothesley, comte de Southampton, n'a pas moins de trois cents personnes pour le servir seulement à Londres : quatre ou cinq de plus... La suite de Sir John, de fait, pour le servir lui dans ces deux ou trois chambres de son palais que le comte lui attribuera. Mais... ses chiens ? Henry Wriothesley, comte de Southampton, n'en a pas moins de cent dans ses chenils : quatre ou cinq de plus...

Un majordome, des intendants, des secrétaires sont là pour vous délivrer des menus tracas, pour aplanir et lisser l'existence comme faisait, au plumeau, ce laquais chargé d'effacer les pas des deux grandes dames dans les allées d'Hampton Court. Les livres de Falstaff, qui sont, hormis Alice, son seul bien sauvé du désastre ? Mis en caisse par un valet sous la surveillance du bibliothécaire du comte. Lord Southampton lui aussi tient les livres pour le bien le plus précieux que peut posséder un gentilhomme. Lord Southampton a réuni autour de lui une petite Florence : une cour d'érudits, de savants, de poètes, de lettrés comme en eurent au siècle dernier les Médicis. Lord Southampton voudrait au moins égaler Laurent le Magnifique. On parle d'ailleurs volontiers italien à sa cour. Son maître d'italien est l'admirable John Florio, que Shakespeare consulte quand il veut situer une pièce en Italie. Mais John Florio parle également bien le français : il a entrepris de traduire pour Lord Southampton les fameux *Essais*, de Michel de Montaigne. Et puis, en compagnie de son ami le comte de Rutland, qui a vingt-cinq ans, comme lui, et dont le séduit l'étonnante ressemblance avec le *David* de Michel-Ange, Lord Southampton court les théâtres. Lord Southampton est fou de théâtre.

« Essex et lui ne sont-ils pas amis ? » demande alors Falstaff, toujours un peu inquiet.

« Amis comme on est amis à la Cour, répond Shakespeare. Ils s'embrassent en pointant chacun dans les reins de l'autre une dague. Au premier geste... Lord Southampton est l'étoile montante, Lord Essex commence à lasser et le sait. "On" lui a pardonné sa dernière... incartade, "on" ne lui pardonnera pas la prochaine. Or, il y aura une prochaine incartade : Lord Essex est un tantinet... comment dire ? impulsif ? Lord Southampton, quoique plus jeune, est plus posé, s'il n'est pas moins ambitieux. Et d'une grande intelligence : il ne ressemble en rien à ces jeunes nobles écervelés que vous avez si justement brocardés l'autre jour. L'ambitieux doué d'esprit sait attendre son heure.

Comme aux échecs, il sait sacrifier quelques pièces pour parvenir plus vite à la reine. Lord Essex n'est, je pense, qu'une case sur son trajet personnel, un passage obligé pour aller plus loin. Mais quand Lord Southampton aura atteint son but, il n'aura pas, je crois, la vulgarité d'écraser Lord Essex de la manière dont lui en a broyé plusieurs après s'être servi d'eux. Lord Southampton se contentera de roquer vers une case où il sera alors invulnérable, inexpugnable. Lord Southampton a beaucoup étudié la stratégie dans les Anciens, au St-John's College, pas seulement sur les champs de bataille. Et s'il fut orphelin plus jeune que vous encore, à huit ans, il a un immense avantage sur Lord Essex : outre sa curiosité pour les philosophes de l'Antiquité, une fortune colossale — de quoi s'épargner quelques avanies sur les chemins accidentés de la gloire. »

Quel portrait ! Que de vertus ! Plutarque n'a pas dit mieux d'Alexandre. Et Falstaff va pour lancer, selon sa très mauvaise habitude, un méchant sarcasme — mais se retient in extremis, et se botte, mentalement, le cul. Incorrigible Falstaff ! Ne recommence pas si vite à te mettre à dos tes protecteurs ! à te desservir pour le douteux plaisir de dire un bon mot assassin, ou le fond de ta pensée ! Joue le jeu, Falstaff ! puisque, aussi bien, te voici adoubé comédien par de grands comédiens.

Il observe, toutefois, que Burbage n'a pas prononcé un seul mot pendant que Shakespeare chantait les louanges de Lord Southampton, mais qu'une infime lueur d'ironie illuminait son regard : un grand acteur peut, avec un minimum de moyens, suggérer beaucoup de choses. Mais il y a, sans doute, que les qualités, indéniables, de Lord Southampton, dont sa grande beauté, fascinent Shakespeare alors qu'elles laissent froid Burbage. La servilité ou l'aveuglement devant les importants ne sont pas en cause ; Falstaff serait mal venu de reprocher au poète qui a su si bien dénoncer l'abjection du pouvoir sa fascination pour le jeune pair, lui qui fut autrefois fasciné par des Mignons de la lune très loin de valoir Lord Southampton : un Dorset, qui n'aura pas lu trois livres dans sa vie ! un Somerset, qui lui écorchait les oreilles avec ses madrigaux de merde ! un Chandos, qui ne peut pas prononcer dix mots sans lâcher trois cuirs, comme on pète !

Et ne se serait-il pas damné pour un sourire de Christopher ?

« Regardez, Alice ! Regardez ! » s'écrie Falstaff pour faire diversion, et cacher sa gêne.

Depuis quelque temps déjà, la navigation se fait plus dense sur la Tamise ; on approche de Londres. Voici, à gauche, les jardins des couvents récemment démolis et l'Abattoir... À droite, le palais de Lambeth, la tour Morton... À gauche, la masse grandiose de l'abbaye et du palais de Westminster, la Chambre...

Alice est ébahie, vaguement apeurée : tant de maisons ! tant d'embarcations sur l'eau ! les murailles de tonneaux et de caisses au long des quais, les chevaux qui halent les barges, les cris des nautoniers.

La vigie de leur brigantin a enfourché le rostre et hurle dans un cornet, pour qu'on se déroute au plus vite :

« Voie à Lord Southampton ! Voie à Lord Southampton ! »

Falstaff montre à Alice, rive droite, le Jardin-aux-ours. Puis apparaît, dominant les édifices avoisinants, aussi massif que le palais de Westminster, dirait-on, et encore ceint d'échafaudages où s'affaire une foule d'ouvriers...

« Notre futur théâtre du Globe, dit Burbage.

— Où vous ferez vos débuts, Sir John, ajoute Shakespeare. Devant plus de deux mille spectateurs... »

Falstaff ferme les yeux instinctivement, comme s'il avait la vision de ces deux mille paires d'yeux, et plus, fixées sur lui qui vient d'entrer en scène. Horreur ! Il sera bien aussi effrayé que Ganymède lorsque l'aigle le prend dans ses serres, qu'il le soulève de terre, qu'il l'emporte vers l'Olympe !

Devant le pont, le brigantin tire un dernier bord vers la rive gauche. En une manœuvre parfaite, qui semble avoir été mille fois répétée, on accoste, voiles affalées, au débarcadère du palais Southampton. Des serviteurs accourent, saisissent les cordages que leur lance l'équipage, roulent un escalier jusqu'à la coupée. C'est un ballet aussi bien réglé que la pavane à Whitehall, mais sur une cadence de gigue. Falstaff, comme Alice, Bardolfe et Pistole sont grisés. Le comte n'est pas là pour les accueillir, certes, mais c'est comme si ses gens n'avaient attendu qu'eux de toute éternité.

Après que Richard Burbage, William Shakespeare et William Hughes ont demandé à Falstaff la permission de se retirer, le premier secrétaire de Lord Southampton, le majordome et un intendant s'empressent de le conduire à ses appartements.

Ses appartements, en vérité, sont constitués de trois chambres exiguës, situées sous les combles. Mais... tapissées de neuf. Et, quoi ! on y sera toujours mieux qu'à La Fortune. Sacripant, pour sa part, a déjà choisi le fauteuil sur le brocart duquel il se fera les griffes.

Faute d'instructions du comte à ce sujet, le premier secrétaire comme le majordome ne savent pas sur quel pied traiter Alice. Falstaff finit par comprendre la raison de leur embarras, de leurs remarques si poliment allusives.

« J'épouserai sous peu Madame, dit-il très simplement. Mais il me faut d'abord publier les bans. »

Publier les bans ? Qu'à cela ne tienne ! Le premier secrétaire peut charger son bureau de ces démarches ennuyeuses. Ce sera fait dès demain, si Sir John Falstaff le souhaite. Que faut-il publier ?

À la surprise d'Alice, Falstaff tire d'un portefeuille un papier ainsi rédigé :

*Si nul ne s'y oppose à bon droit,*

*le chevalier Sir John Thomas Edmund Henry Francis Nicholas William Falstaff, baptisé dans la foi du Sauveur, le 19 novembre 1558, en la chapelle du château d'Oldcastle, près Harlington,*

*fils du chevalier Sir John Falstaff, et de Amy, née Osmond, dame noble,*

*ayant pour parrain Lord Thomas Howard, duc de Norfolk, et pour marraine Lady Mildred Dunn, baronne de Sand,*

*épousera :*

*Alice Suzan Lidell, baptisée, au mieux de nos connaissances, le 15, 16 ou 18 mai 1583, en l'église de Feltham,*

*fille de Robin Lidell, et de Ann Grey, ou Gray,*

*parrain et marraine inconnus,*

*le...*

Oui, au fait, la date ?

Au risque de décevoir Alice, si vite après lui avoir donné une si grande joie, Falstaff dit :

« Non. Plus tard. Le lendemain de mes débuts au Globe. »

# XVIII

L'enseigne représente un Hercule tenant sur son dos le globe terrestre. La devise, peinte en or, est empruntée à Pétrone : *Totus mundus agit histrionem.* Tout le monde joue la comédie.

On ne dit déjà plus le théâtre du Globe, mais Le Globe — tout court. Le monde est un théâtre, le théâtre est le monde. Et le monde appartient désormais, c'est une première, aux comédiens : les frères Burbage, d'une part, de l'autre les acteurs John Heminges, Augustine Phillips, Thomas Pope, William Kempe et William Shakespeare ont créé une société en commandite pour exploiter ensemble leurs talents et détenir le bail trentenaire.

Les Comédiens du Chambellan n'étaient pas libres au théâtre des Blackfriars ; ils seront ici les maîtres, n'ayant pas même de comptes à rendre à Brend, le propriétaire du terrain, du moment qu'ils lui versent sa redevance. Cuthbert et Richard Burbage ont fait démonter, aux Blackfriars, ce que les acteurs nomment la maison ;

c'est-à-dire la scène et ses coulisses, la chambre où on se costume et où on range les accessoires, la loggia où jouent les musiciens et, où, parfois, apparaissent les dieux de l'Olympe, ou les revenants des Enfers ; ces courtines dont Richard tire des effets saisissants.

La maison, démontée, a été transportée de l'autre côté de la Tamise, rive droite : les terrains y coûtent moins cher à louer et on y dispose de plus d'espace pour bâtir, autour, l'amphithéâtre.

Car les comédiens ont vu grand, puisque le théâtre est le monde : un immense parterre, trois étages de galeries ; près de trois mille spectateurs pourront assister, assis ou debout, aux spectacles. Les chiffres énoncés par Cuthbert, l'administrateur, le seul de la troupe qui ne soit pas comédien, donnent le vertige aux visiteurs — comme de voir les ouvriers juchés sur les échafaudages exécuter une dernière retouche, puis descendre d'un échelon en jetant à bas la planche étroite sur laquelle ils se tenaient en équilibre, l'instant d'avant :

« Le cirque a près de quarante pieds de haut, trois cent dix de circonférence, soixante de diamètre intérieur. Le plateau, quarante-cinq pieds de large, et trente en profondeur...

— Non pas exactement un cirque, ni un cercle : un icositétragone », note, blagueur, William Kempe, qui tient volontiers à la scène les rôles de pédants ridicules. « Un polygone de vingt-quatre côtés. »

Un cirque, un théâtre, un navire ? Un navire !

Une caravelle construite pour la haute mer, prête à lever l'ancre... Les sables d'or ! l'azur, Falstaff ! L'aventure, enfin ! Un grand bâtiment qui sent bon, comme un bateau neuf, le bois neuf frais verni, le brou de noix, la poix. Des calfats finissent de goudronner le toit de la loggia : il peut pleuvoir sur les spectateurs du parterre, qui est à ciel ouvert, mais il faut protéger des intempéries les musiciens, les dieux, les revenants.

Un navire, oui. Tout hêtre et chêne chevillé. D'ailleurs, les machinistes sont d'anciens marins : eux seuls ont l'art de manœuvrer vite, en rythme, les fils, les perches, les poulies, les contrepoids, les rideaux de lointain... L'art et la discipline parfaite.

Shakespeare, Pope, Kempe, Heminges, Phillips, Richard Burbage arpentent la scène, sautent à pieds joints, sautillent, traversent et retraversent en long, en large, en diagonale, tapent du talon, patinent comme sur la glace, ouvrent et referment les trappes : ils veulent s'assurer que le parquet ne grince pas ; que les axes tourneront sans bruit dans les gonds quand le spectre surgira de dessous le plateau, ou quand le roi descendra à la crypte prier auprès du tombeau de son père.

Puis, chacun tourné vers un point cardinal, les acteurs déclament tour à tour des vers, très haut ou très bas. Ils crient, ils chuchotent, ils pleurent, ils rient.

Falstaff s'enhardit à se joindre à eux. Il dit :

« Venez vivre avec moi, et soyez mon amour... »

L'acoustique est exceptionnelle. Pope, qui a

couru s'asseoir au tout dernier rang de la plus haute galerie, derrière une colonne, pour juger de l'effet, entend bien l'aparté que Heminges murmure à l'oreille de Phillips. Personne dans le public ne pourra rien ignorer des complots qu'ourdiront les traîtres. De là-haut, on percevra jusqu'au froissement du mouchoir de Didon, quand Énée l'abandonne.

Mais, si on pouvait, une fois pour toutes, bannir les marchands de noix et noisettes ! On veut bien, si on est mauvais, recevoir des pommes ou des poires trop mûres...

« C'est l'honneur du métier d'acteur, dit Phillips à Falstaff, que de s'exposer aux critiques fruitées du public, à ses jugements blets, mais ces craquements de coques de noix aux moments les plus tragiques !

— J'étais Richard III, raconte Burbage, je me voyais perdu, j'allais m'écrier : "Un cheval ! Un cheval ! Mon royaume pour un cheval...", quand, crac crac, un casse... noix, c'est le cas de le dire, se met à casser une noix. Et toute la salle d'éclater de rire !

— Un poignard ! Un poignard ! Mon théâtre pour un poignard ! » crie Shakespeare en faisant mine d'égorger l'invisible croqueur de noix.

Ils rient tous, et Falstaff se sent encore un peu plus leur ami, leur frère. Ah ! c'est là la vraie vie ! la vie rêvée ! La vérité est dans ces mensonges : la perspective d'une rue juste ébauchée en dix coups de pinceau, une chambre royale simplement indiquée au moyen d'un baldaquin et de quelques tabourets garnis de velours pourpre, un champ de bataille suggéré avec trois canons en carton et deux tentes que les marins machinistes dressent, ô, magie ! en tirant sur un fil ; ces toiles qu'ils roulent et déroulent comme des voiles, et qu'ils appellent dans leur jargon : *Palais à volonté, Enfers ordinaires,* ou *Fond de Paradis.*

La vérité est dans ces sentiments simulés par les acteurs, ces sentiments mimés, exagérés, et cependant plus véridiques que les sentiments vrais ; et plus pudiques, de leur excès même. Épurés, donc plus purs. Plus subtils, au sens alchimique du mot : plus raffinés, quoique plus grossiers en apparence. Réels parce que faux, et tenus pour tels ; quand la fausseté du monde réel passe pour l'ordre immuable des choses. C'est ici seulement, sur ce parquet aussi luisant qu'un miroir, c'est ici que l'homme habite poétiquement la terre. C'est ici que cessera toute souffrance, Falstaff.

Qui aura peur, alors ? Qui pleurera ? Qui portera la main à son cœur ? Qui gémira de douleur ou rugira de rage ? Qui menacera, qui tombera à genoux ? Qui dira sa haine, et qui dira sa tendresse ? Qui mourra ? Ce sera toi et ce ne sera plus tout à fait toi, Falstaff, mais ton double, mais cet autre toi — l'autre Falstaff. Ce sera cet autre, plus grand que toi, que tu projettes sur ton chemin, l'ombre portée qui s'étire devant toi quand tu marches dans la lumière du matin, le soleil dans ton dos. Ton démon, ton génie... L'enfant que tu fus, aussi, et qui savait si bien jouer le chevalier, le prince, Richard Cœur de lion — avec rien : une épée de bois, un bol d'étain en guise de casque. Mais un enfant délivré de ses peurs maintenant. Un enfant qui se laisserait ravir par l'aigle, se laisserait soulever de terre, se laisserait emporter au ciel sans pleurer d'effroi, sans se pisser dessus ! Tu pourrais tout jouer, Falstaff ; y compris Ganymède, malgré ta graisse. Ou Zeus... Du moment que les fils tiennent ! et si les machinistes sont assez nombreux en coulisse pour tirer ! Tu serais... Tu seras qui tu veux. Tu as fait mentir le mage indien de Holborn qui prétendait qu'il était dangereux de vouloir forcer son destin en tirant une seconde fois les tarots tout de suite après un tirage néfaste. Tu avais tiré quatre mauvaises cartes, tu en as tiré quatre autres : VII, *Le Chariot ;* XVII, *L'Étoile ;* XVIII, *Le Soleil ;* XXI, *Le Monde.* Résultante : X, *La Roue de la fortune.* Tous tes pas te menaient ici, au Globe. Les répétitions commencent dès demain.

Répéter, répéter, répéter. Redire inlassablement. Dire plus haut. Dire plus bas. Reprendre. Recommencer. Recommencer ! Dix fois, vingt fois. Marcher jusqu'à telle marque au sol. Plus vite. Moins vite. Un pas de plus. Un pas de moins. Non, changer de jeu. Changer de jambe. Remonter, redescendre vers la rampe. S'écouter. Surtout ne pas s'écouter. Apprendre son texte. Ne pas le bouler. Ne pas le claironner ainsi. Tonner, nom de Dieu ! Moins fort, moins fort ! Plus enlevé ! S'adresser au public. À la cantonade. En aparté.

Moins appuyer cet effet. Ne pas craindre d'en rajouter. Se draper dans sa cape avec plus de noblesse : pas comme ça, comme ça. Se jeter à genoux. Se jeter à genoux. Se jeter à genoux. Oublier son mal au dos, son mal au ventre. Reprendre à la huitième ligne. À la douzième. Avoir l'humilité de reconnaître son erreur. Savoir taire son orgueil, rire en chœur quand les autres se moquent. Ne pas faire bande à part pendant la pause. Ne pas s'emporter. Ne pas s'avancer si près. S'effacer. Se laisser de bonne grâce voler sa meilleure réplique par un partenaire. Regarder ce partenaire dans les yeux. Baisser les yeux. Trébucher comme un aveugle. Conjurer le trou fatal. Ne pas compter sur le souffleur quand on se trouve ici. D'ailleurs, principe, ne jamais compter sur le souffleur ! Ah ! et sauter cette réplique qui est coupée depuis hier. Ah ! et ne pas oublier que la réplique coupée hier est reprise aujourd'hui. Attention à ne pas s'endormir. Pardonner les injures et les malédictions proférées dans un moment d'exaspération. Mieux marquer la colère, par pitié ! la surprise, le désarroi, la joie, la terreur.

« Ces nixes, ces nymphes, ces elfes vous font très peur, Falstaff ! Ces bourgeois sont féroces, ils veulent vous tuer et vous le sentez. Recommencez ! »

Tomber. S'écrouler. Rouler à terre. Plus rapide, la sortie. Plus majestueuse, l'entrée. Respirer. Respirer. Mimer l'essoufflement. Simuler la souffrance. Cacher sa propre souffrance.

Mais est-ce qu'on souffre, seulement ? se demande parfois Falstaff. Est-ce qu'on n'est pas seulement fatigué, le soir, fatigué ? Fatigué mais d'une saine fatigue, comme après l'exercice à l'épée, ou la chasse.

Falstaff peut travailler ainsi des heures et des heures, sans se lasser. Chaque jour, il arrive dans les premiers à la répétition, repart dans les derniers. Que la pluie tombe sur le parterre, que le froid vienne, peu lui importe ! Il n'a pas froid, il ne sent pas la faim. À peine s'il lui arrive encore, à la pause, de trop boire. Il est si comblé, sur les planches, qu'il en oublierait de vivre, qu'il en oublierait Alice.

Un soir où il rentre épuisé du Globe, après avoir répété trente fois la scène où les bourgeois de Windsor le noient dans la Tamise, roulé trente fois jusqu'à une trappe ouverte, chuté trente fois sur des coussins qui n'amortissaient pas beaucoup sa chute, puis retraversé la vraie Tamise, salué Lord Southampton, monté les neuf volées de l'escalier qui mène à ses appartements, il surprend dans la pénombre un jeune homme qui sortait de la chambre d'Alice — Alice le ferait-elle cocu ?

Non. C'est Alice elle-même, qui s'est travestie en garçon : chausses et pourpoint de velours prune, un petit bouc comme en portent les jeunes nobles à la mode, qu'elle s'est peint au bouchon fumé, sa longue chevelure blonde remontée et enfouie dans un large béret d'étudiant d'Oxford. Falstaff est amusé. Et troublé.

« Ma mignonne en mignon ? Que signifie cette fantaisie, Alice ?

— Eh bien ! je veux jouer au théâtre, moi aussi, s'il n'y a plus d'autre moyen de vous voir. Mais, pour jouer au théâtre, il me faut bien m'habiller en homme, me faire passer pour un homme. Et imaginez comme je jouerai bien les rôles de femmes, quand j'aurai rasé mon bouc !

— Tu es folle, mon amie ! »

Il l'enlace. Elle lui murmure à l'oreille :

« De toute manière, je ne pourrai pas porter très longtemps ce pourpoint...

— Et pourquoi cela, Sir Alice ?

— Parce que j'attends un enfant de vous, Sir John.

— Amour ! Le bonheur sur terre existe donc.

— Je veux que ce soit un fils, il sera chevalier, comme vous.

— Je veux que ce soit un fils, il sera, comme moi, comédien, Alice. »

# XIX

Le décor représente avec peu de chose la grande salle de La Jarretière : l'enseigne de l'auberge, qui pend de la loggia ; deux tabourets, dont un renversé ; l'amorce d'un escalier, trois marches qu'un mécanisme ingénieux permet à volonté de casser en deux sous le poids de Falstaff ; un grand miroir, enfin, que les machinistes ont pensé à incliner légèrement pour éviter de capter le reflet du public — ces yeux ! tous ces yeux !

La salle est comble. Il y a eu un peu de survente aux caisses, et de bonnes places se sont négociées dix fois leur prix sous le manteau. On sent, au parterre comme aux galeries, ce frémissement singulier des grands jours — du moins Burbage et Shakespeare, qui ont de l'expérience, le disent. C'est aujourd'hui l'inauguration du Globe. Tout le monde s'extasie sur l'énormité des installations. Tout Londres se donne en spectacle — *Totus mundus agit histrionem.* Pourvu que Bardolfe et Pistole ne profitent pas de l'affluence pour jouer les fouillechausses ! ce serait du plus mauvais effet un jour de première... En tout cas, pas de marchands de noix !

Falstaff observe à travers l'œilleton du rideau de fond ces spectateurs qu'il va falloir étonner, émouvoir, séduire, faire tour à tour pleurer et rire ; ces spectateurs qui siffleront, s'ils doivent siffler — c'est leur droit. Ou qui applaudiront.

Crescendo des tambours et des fifres. Puis, le silence. À peu près le silence. Il faut entrer en scène maintenant.

Falstaff tremble. Il lui semble que ses jambes ne le portent plus, qu'il ne pourra jamais aller jusqu'à la rampe. Voici qui fait plus peur encore que la canonnade à la bataille d'Écosse. Mais non, il ne contrefera pas le mort. Alice, déguisée en garçon pour poursuivre sa plaisanterie, le regarde des coulisses — la mère du futur Sir John III Falstaff, la mère de Falstaff-le-jeune, le comédien. Ou a-t-elle été invitée à s'asseoir dans la loge de Lord Southampton, qui aime à s'entourer de beaux jeunes gens ?

Allons ! courage, Falstaff ! Dix-neuf pas jusqu'à la rampe. Pas si vite. Pas si lentement. Plus haut le menton. Et lancer alors d'une voix forte les premiers mots de la comédie — l'incipit :

« Tout dans ce monde n'est que bouffonnerie... »

## AU LECTEUR

Le roman que vous venez de lire n'est en rien un roman historique, mais une fantaisie. Donc : libertés avec l'Histoire, flou et invraisemblances, sans doute ; je le sais, je l'avoue. Ni plus ni moins que dans Dumas ? C'est ce que j'ignore. (Que les cuistres, cependant, ne se fatiguent pas à me signaler que j'ai anticipé de cinq ou six mois la construction du théâtre du Globe, et autres minuscules anachronismes commis volontairement.) J'avoue aussi — liberté, liberté chérie ! — quelques emprunts ici ou là, loyaux ou non, guillemetés ou pas, de la taille d'un clin d'œil la plupart, rien de plus, à quelques bons auteurs. En vrac : Nietzsche, Rabelais, Montaigne, Maurice Scève, Henri Michaux, Francis Lopez, Calderón, Marcel Proust, Boby Lapointe, Gérard de Nerval, Rimbaud, Mallarmé, Virgile, Virginia Woolf, l'Arioste, Éluard, Céline, Bertolt Brecht, Choderlos de Laclos, Jean-Jacques Rousseau, Walter Scott, Lewis Carroll, Oscar Wilde, Christopher Marlowe, D.H. Lawrence, F. Scott Fitzgerald, Arrigo Boito, Diderot, Dante, Hölderlin, Héraclite, Bob Dylan, John Lennon & Paul McCartney, Mick Jagger & Keith Richard, Tennessee Williams, Cecil Beaton, Charles Trenet, Paul Morand, Cocteau, Stendhal, Balzac, Musil, Chesterton, Juvénal, Hésiode, Sophocle, Lacan, saint Luc, Darrigade & Fousiquet, les manifestants anti-Juppé de décembre 1995, et — j'allais l'oublier —, *last but not least,* Shakespeare. La chanson sacrilège, le quatrain italien en *dolce stil nuovo,* les deux premiers vers de la tragédie inachevée de Falstaff, les à-peu-près indignes, les calembours navrants, les minimes bévues et les énormes bourdes sont de ma plume, hélas !

*« Tutto nel mondo è burla ! »*

L'AUTEUR

## DU MÊME AUTEUR

BEING, Christian Bourgois, 1969

LE BLEU LE BLEU, Christian Bourgois, 1971

LE LIVRE DES MORTS-VIVANTS, Christian Bourgois, 1972

MON PREMIER AMOUR, Grasset, 1973

SELVA OSCURA, Flammarion, 1974 ; nouvelle édition, Julliard, 1995

UN CIEL SI FRAGILE, Grasset, 1975 ; Folio Gallimard, 1989 (Prix Contrepoint 1975, Prix d'Honneur 1976)

MONSIGNORE, Laffont, 1976

CAPRICCIO, Laffont, 1978 ; nouvelle édition, Julliard, 1995

JEUX D'INTÉRIEUR AU BORD DE L'OCÉAN, Christian Bourgois, 1979

L'HEURE DU TIGRE, Laffont 1979 ; nouvelle édition, La Table ronde, 1990

MONSIGNORE II, Laffont, 1981

OCEAN BOULEVARD, Flammarion, 1982

AUTOPORTRAIT AU LOUP, Flammarion, 1982

PACIFIC PALISADES, Flammarion, 1984 ; Folio Gallimard, 1988

WANDERWEG, Gallimard, 1986 (Grand Prix des lectrices de ELLE 1987)

CLIPS, inédit, 1988. Extraits parus dans « *L'Infini* » n° 22

LE SIÈCLE DES TÉNÈBRES, Orban, 1989

LE ROMAN, Orban, 1991

LES SOULIERS ROUGES DE LA DUCHESSE, François Bourin, 1992

RICHARD STRAUSS, inédit, 1993

LE DUO DU II, Bernard Dumerchez, 1993

JACOB JACOBI, Julliard, 1993 ; Pocket, 1995 (Prix Renaudot junior 1993)

MONSIGNORE I & II, Julliard, 1994

LA GLOIRE EST LE DEUIL ÉCLATANT DU BONHEUR, Julliard, 1995

L'AUTRE FALSTAFF, Mercure de France, 1996

MA VIE (TITRE PROVISOIRE), Salvy Éditeur, 1997

*À paraître*

HÉ BIEN ! LA GUERRE

RAGAZZO TRISTE

GENS DE LETTRES ET DE MAISON

À PROPOS DE RICHARD STRAUSS

*Discographie*

LA DEVANTURE DES IVRESSES, Arion CBS, 1968 ; Réédition CD : Mantra FGL, 1992 ; Grand Prix de l'Académie Charles Cros 1969

OBSOLETE, Shandar RCA, 1971 ; Réédition CD : Mantra FGL, 1992.

# COLLECTION FOLIO

*Dernières parutions*

2735. Sempé — *Âmes sœurs.*
2736. Émile Zola — *Lourdes.*
2737. Louis-Ferdinand Céline — *Féérie pour une autre fois.*
2738. Henry de Montherlant — *La Rose de sable.*
2739. Vivant Denon — *Point de lendemain,* suivi de Jean-François de Bastide : *La Petite Maison.*
2740. William Styron — *Le choix de Sophie.*
2741. Emmanuèle Bernheim — *Sa femme.*
2742. Maryse Condé — *Les derniers rois mages.*
2743. Gérard Delteil — *Chili con carne.*
2744. Édouard Glissant — *Tout-monde.*
2745. Bernard Lamarche-Vadel — *Vétérinaires.*
2746. J. M. G. Le Clézio — *Diego et Frida.*
2747. Jack London — *L'amour de la vie.*
2748. Bharati Mukherjee — *Jasmine.*
2749. Jean-Noël Pancrazi — *Le silence des passions.*
2750. Alina Reyes — *Quand tu aimes, il faut partir.*
2751. Mika Waltari — *Un inconnu vint à la ferme.*
2752. Alain Bosquet — *Les solitudes.*
2753. Jean Daniel — *L'ami anglais.*
2754. Marguerite Duras — *Écrire.*
2755. Marguerite Duras — *Outside.*
2756. Amos Oz — *Mon Michaël.*
2757. René-Victor Pilhes — *La position de Philidor.*
2758. Danièle Sallenave — *Les portes de Gubbio.*
2759. Philippe Sollers — *PARADIS 2.*
2760. Mustapha Tlili — *La rage aux tripes.*
2761. Anne Wiazemsky — *Canines.*
2762. Jules et Edmond de Goncourt — *Manette Salomon.*
2763. Philippe Beaussant — *Héloïse.*
2764. Daniel Boulanger — *Les jeux du tour de ville.*
2765. Didier Daeninckx — *En marge.*

2766. Sylvie Germain — *Immensités.*
2767. Witold Gombrowicz — *Journal I (1953-1958).*
2768. Witold Gombrowicz — *Journal II (1959-1969).*
2769. Gustaw Herling — *Un monde à part.*
2770. Hermann Hesse — *Fiançailles.*
2771. Arto Paasilinna — *Le fils du dieu de l'Orage.*
2772. Gilbert Sinoué — *La fille du Nil.*
2773. Charles Williams — *Bye-bye, bayou !.*
2774. Avraham B. Yehoshua — *Monsieur Mani.*
2775. Anonyme — *Les Milles et Une Nuits III (conte choisis).*
2776. Jean-Jacques Rousseau — *Les confessions.*
2777. Pascal — *Les Pensées.*
2778. Lesage — *Gil Blas.*
2779. Victor Hugo — *Les Misérables I.*
2780. Victor Hugo — *Les Misérables II.*
2781. Dostoïevski — *Les Démons (Les Possédés).*
2782. Guy de Maupassant — *Boule de suif et autres nouvelles.*
2783. Guy de Maupassant — *La Maison Tellier. Une partie de campagne et autres nouvelles.*
2784. Witold Gombrowicz — *La pornographie.*
2785. Marcel Aymé — *Le vaurien.*
2786. Louis-Ferdinand Céline — *Entretiens avec le Professeur Y.*
2787. Didier Daeninckx — *Le bourreau et son double.*
2788. Guy Debord — *La Société du Spectacle.*
2789. William Faulkner — *Les larrons.*
2790. Élisabeth Gille — *Le crabe sur la banquette arrière.*
2791. Louis Martin-Chauffier — *L'homme et la bête.*
2792. Kenzaburô Oé — *Dites-nous comment survivre à notre folie.*
2793. Jacques Réda — *L'herbe des talus.*
2794. Roger Vrigny — *Accident de parcours.*
2795. Blaise Cendrars — *Le Lotissement du ciel.*
2796. Alexandre Pouchkine — *Eugène Onéguine.*
2797. Pierre Assouline — *Simenon.*
2798. Frédéric H. Fajardie — *Bleu de méthylène.*
2799. Diane de Margerie — *La volière suivi de Duplicités.*
2800. François Nourissier — *Mauvais genre.*
2801. Jean d'Ormesson — *La Douane de mer.*

| | | |
|---|---|---|
| 2802. | Amo Oz | *Un juste repos.* |
| 2803. | Philip Roth | *Tromperie.* |
| 2804. | Jean-Paul Sartre | *L'Engrenage.* |
| 2805. | Jean-Paul Sartre | *Les jeux sont faits.* |
| 2806. | Charles Sorel | *Histoire comique de Francion.* |
| 2807. | Chico Buarque | *Embrouille.* |
| 2808. | Ya Ding | *La jeune fille Tong.* |
| 2809. | Hervé Guibert | *Le Paradis.* |
| 2810. | Martin Luis Guzman | *L'ombre du caudillo.* |
| 2811. | Peter Handke | *Essai sur la fatigue.* |
| 2812. | Philippe Labro | *Un début à Paris.* |
| 2813. | Michel Mohrt | *L'ours des Adirondacks.* |
| 2814. | N. Scott Momaday | *La maison de L'aube.* |
| 2815. | Banana Yoshimoto | *Kitchen.* |
| 2816. | Virginia Woolf | *Vers le phare.* |
| 2817. | Honoré de Balzac | *Sarrasine.* |
| 2818. | Alexandre Dumas | *Vingt ans après.* |
| 2819. | Christian Bobin | *L'inespérée.* |
| 2820. | Christian Bobin | *Isabelle Bruges.* |
| 2821. | Louis Calaferte | *C'est la guerre.* |
| 2822. | Louis Calaferte | *Rosa mystica.* |
| 2823. | Jean-Paul Demure | *Découpe sombre.* |
| 2824. | Lawrence Durrell | *L'ombre infinie de César.* |
| 2825. | Mircea Eliade | *Les dix-neuf roses.* |
| 2826. | Roger Grenier | *Le Pierrot noir.* |
| 2827. | David McNeil | *Tous les bars de Zanzibar.* |
| 2828. | René Frégni | *Le voleur d'innocence.* |
| 2829. | Louvet de Couvray | *Les Amours de chevalier de Faublas.* |
| 2830. | James Joyce | *Ulysse.* |
| 2831. | François-Régis Bastide | *L'homme au désir d'amour lointain.* |
| 2832. | Thomas Bernhard | *L'origine.* |
| 2833. | Daniel Boulanger | *Les noces du merle.* |
| 2834. | Michel del Castillo | *Rue des Archives.* |
| 2835. | Pierre Drieu la Rochelle | *Une femme à sa fenêtre.* |
| 2836. | Joseph Kesel | *Dames de Californie.* |
| 2837. | Patrick Mosconi | *La nuit apache.* |
| 2838. | Marguerite Yourcenar | *Conte bleu.* |
| 2839. | Pascal Quignard | *Le sexe et l'effroi.* |
| 2840. | Guy de Maupassant | *L'inutile beauté.* |
| 2841. | Kôbô Abe | *Rendez-vous secret.* |

| | | |
|---|---|---|
| 2842. | Nicolas Bouvier | *Le poisson-scorpion.* |
| 2843. | Patrick Chamoiseau | *Chemin-d'école.* |
| 2844. | Patrick Chamoiseau | *Antan d'enfance.* |
| 2845. | Philippe Djian | *Assassins.* |
| 2846. | Lawrence Durrell | *Le carrousel sicilien.* |
| 2847. | Jean-Marie Laclavetine | *Le Rouge et le Blanc.* |
| 2848. | D.H. Lawrence | *Kangourou.* |
| 2849. | Francine Prose | *Les petits miracles.* |
| 2850. | Jean-Jacques Sempé | *Insondables mystères.* |
| 2851. | Béatrix Beck | *Accommodements avec le ciel.* |
| 2852. | Herman Melville | *Moby Dick.* |
| 2853. | Jean-Claude Brisville | *Beaumarchais, l'insolent.* |
| 2854. | James Baldwin | *Face à l'homme blanc.* |
| 2855. | James Baldwin | *La prochaine fois, le feu.* |
| 2856. | W. R. Burnett | *Rien dans les manches.* |
| 2857. | Michel Déon | *Un déjeuner de soleil.* |
| 2858. | Michel Déon | *Le jeune homme vert.* |
| 2859. | Philippe Le Guillou | *Le passage de l'Aulne.* |
| 2860. | Claude Brami | *Mon amie d'enfance.* |
| 2861. | Serge Brussolo | *La moisson d'hiver.* |
| 2862. | René de Ceccatty | *L'accompagnement.* |
| 2863. | Jerome Charyn | *Les filles de Maria.* |
| 2864. | Paule Constant | *La fille du Gobernator.* |
| 2865. | Didier Daeninckx | *Un château en Bohême.* |
| 2866. | Christian Giudicelli | *Quartiers d'Italie.* |
| 2867. | Isabelle Jarry | *L'archange perdu.* |
| 2868. | Marie Nimier | *La caresse.* |
| 2869. | Arto Paasilinna | *La forêt des renards pendus.* |
| 2870. | Jorge Semprun | *L'écriture ou la vie.* |
| 2871. | Tito Topin | *Piano barjo.* |
| 2872. | Michel Del Castillo | *Tanguy.* |
| 2873. | Huysmans | *En route.* |
| 2874. | James M. Cain | *Le bluffeur* |
| 2875. | Réjean Ducharme | *Va savoir.* |
| 2876. | Matthieu Lindon | *Champion du monde.* |
| 2877. | Robert Littell | *Le sphinx de Sibérie.* |
| 2878. | Claude Roy | *Les rencontres des jours 1992-1993.* |
| 2879. | Danièle Sallenave | *Les trois minutes du diable.* |
| 2880. | Philippe Sollers | *La Guerre du Goût.* |
| 2881. | Michel Tournier | *Le pied de la lettre.* |
| 2882. | Michel Tournier | *Le miroir des idées.* |

2883. Andreï Makine — *La confession d'un porte-drapeau déchu.*
2884. Andreï Makine — *La fille d'un héros de l'Union Soviétique*
2885. Andreï Makine — *Au temps du fleuve Amour.*
2886. John Updike — *La Parfaite Épouse.*
2887. Defoe — *Robinson Crusoé.*
2888. Philippe Beaussant — *L'archéologue.*
2889. Pierre Bergounioux — *Miette.*
2890. Pierrette Fleutiaux — *Allons-nous être heureux ?*
2891. Remo Forlani — *La déglingue*
2892. Joe Gores — *Inconnue au bataillon*
2893. Félicien Marceau — *Les ingénus*
2894. Ian McEwan — *Les chiens noirs*
2895. Pierre Michon — *Vies minuscules*
2896. Susan Minot — *La vie secrète de Lilian Eliot*
2897. Orhan Pamuk — *Le livre noir*
2898. William Styron — *Un matin de Virginie*
2899. Claudine Vegh — *Je ne lui ai pas dit au revoir*
2900. Robert Walser — *Le brigand*
2901. Grimm — *Nouveaux contes*
2902. Chrétien de Troyes — *Lancelot ou le chevalier de la charrette*
2903. Herman Melville — *Bartleby, le scribe*
2904. Jerome Charyn — *Isaac le mystérieux*
2905. Guy Debord — *Commentaires sur la société du spectacle*
2906. Guy Debord — *Potlatch.*
2907. Karen Blixen — *Les chevaux fantômes* et autres contes.
2908. Emmanuel Carrère — *La classe de neige.*
2909. James Crumley — *Un pour marquer la cadence.*
2910. Anne Cuneo — *Le trajet d'une rivière.*
2911. John Dos Passos — *L'initiation d'un homme.*
2912. Alexandre Jardin — *L'île des Gauchers.*
2913. Jean Rolin — *Zones.*
2914. Jorge Semprun — *L'Algarabie.*
2915. Junichirô Tanizaki — *Le chat, son maître et ses deux maîtresses.*
2916. Bernard Tirtiaux — *Les sept couleurs du vent.*
2917. H.G. Wells — *L'île du docteur Moreau.*
2918. Alphonse Daudet — *Tartarin sur les Alpes.*

2919. Albert Camus — *Discours de Suède.*
2921. Chester Himes — *Regrets sans repentir.*
2922. Paula Jacques — *La descente au paradis.*
2923. Sibylle Lacan — *Un père.*
2924. Kenzaburô Oé — *Une existence tranquille.*
2925. Jean-Noël Pancrazi — *Madame Arnoul.*
2926. Ernest Pépin — *L'Homme-au-Bâton.*
2927. Antoine de St-Exupéry — *Lettres à sa mère.*
2928. Mario Vargas Llosa — *Le poisson dans l'eau.*
2929. Arthur de Gobineau — *Les Pléiades.*
2930. Alex Abella — *Le massacre des saints.*
2932. Thomas Bernhard — *Oui.*
2933. Gérard Macé — *Le dernier des Égyptiens.*
2934. Andreï Makine — *Le testament français.*
2935. N. Scott Momaday — *Le chemin de la montagne de pluie.*
2936. Maurice Rheims — *Les forêts d'argent.*
2937. Philip Roth — *Opération Shylock.*
2938. Philippe Sollers — *Le Cavalier du Louvre. Vivant Denon.*
2939. Giovanni Verga — *Les Malavoglia.*
2941. Christophe Bourdin — *Le fil.*
2942. Guy de Maupassant — *Yvette.*
2943. Simone de Beauvoir — *L'Amérique.*
2944. Victor Hugo — *Choses vues I.*
2945. Victor Hugo — *Choses vues II.*
2946. Carlos Fuentes — *L'oranger.*
2947. Roger Grenier — *Regardez la neige qui tombe.*
2948. Charles Juliet — *Lambeaux.*
2949. J.M.G. Le Clézio — *Voyage à Rodrigues.*
2950. Pierre Magnan — *La Folie Forcalquier.*
2951. Amos Oz — *Toucher l'eau, toucher le vent.*
2952. Jean-Marie Rouart — *Morny, un voluptueux au pouvoir.*
2953. Pierre Salinger — *De mémoire.*
2954. Shi Nai-an — *Au bord de l'eau I.*
2955. Shi Nai-an — *Au bord de l'eau II.*
2956. Marivaux — *La Vie de Marianne.*
2957. Kent Anderson — *Sympathy for the Devil.*
2958. André Malraux — *Espoir – Sierra de Teruel.*
2959. Christian Bobin — *La folle allure.*
2960. Nicolas Bréhal — *Le parfait amour.*

| | | |
|---|---|---|
| 2961. | Serge Brussolo | *Hurlemort.* |
| 2962. | Hervé Guibert | *La piqûre d'amour* et autres textes. |
| 2963. | Ernest Hemingway | *Le chaud et le froid.* |
| 2964. | James Joyce | *Finnegans Wake.* |
| 2965. | Gilbert Sinoué | *Le Livre de saphir.* |
| 2966. | Junichirô Tanizaki | *Quatre sœurs.* |
| 2967. | Jeroen Brouwers | *Rouge décanté.* |
| 2968. | Forrest Carter | *Pleure, Géronimo.* |
| 2971. | Didier Daeninckx | *Métropolice.* |
| 2972. | Franz-Olivier Giesbert | *Le vieil homme et la mort.* |
| 2973. | Jean-Marie Laclavetine | *Demain la veille.* |
| 2974. | J.M.G. Le Clézio | *La quarantaine.* |
| 2975. | Régine Pernoud | *Jeanne d'Arc.* |
| 2976. | Pascal Quignard | *Petits traités I.* |
| 2977. | Pascal Quignard | *Petits traités II.* |
| 2978. | Geneviève Brisac | *Les filles.* |
| 2979. | Stendhal | *Promenades dans Rome.* |
| 2980. | Virgile | *Bucoliques. Géorgiques.* |
| 2981. | Milan Kundera | *La lenteur.* |
| 2982. | Odon Vallet | *L'affaire Oscar Wilde.* |
| 2983. | Marguerite Yourcenar | *Lettres à ses amis et quelques autres.* |
| 2984. | Vassili Axionov | *Une saga moscovite I.* |
| 2985. | Vassili Axionov | *Une saga moscovite II.* |
| 2986. | Jean-Philippe Arrou-Vignod | *Le conseil d'indiscipline.* |
| 2987. | Julian Barnes | *Metroland.* |
| 2988. | Daniel Boulanger | *Caporal supérieur.* |
| 2989. | Pierre Bourgeade | *Éros mécanique.* |
| 2990. | Louis Calaferte | *Satori.* |
| 2991. | Michel Del Castillo | *Mon frère L'Idiot.* |
| 2992. | Jonathan Coe | *Testament à l'anglaise.* |
| 2993. | Marguerite Duras | *Des journées entières dans les arbres.* |
| 2994. | Nathalie Sarraute | *Ici.* |
| 2995. | Isaac Bashevis Singer | *Meshugah.* |
| 2996. | William Faulkner | *Parabole.* |
| 2997. | André Malraux | *Les noyers de l'Altenburg.* |
| 2998. | Collectif | *Théologiens et mystiques au Moyen-Age.* |

| | |
|---|---|
| 2999. Jean-Jacques Rousseau | *Les Confessions (Livres I à IV).* |
| 3000. Daniel Pennac | *Monsieur Malaussène.* |
| 3001. Louis Aragon | *Le mentir-vrai.* |
| 3002. Boileau-Narcejac | *Schuss.* |
| 3003. LeRoi Jones | *Le peuple du blues.* |
| 3004. Joseph Kessel | *Vent de sable.* |
| 3005. Patrick Modiano | *Du plus loin de l'oubli.* |
| 3006. Daniel Prévost | *Le pont de la Révolte.* |
| 3007. Pascal Quignard | *Rhétorique spéculative.* |
| 3008. Pascal Quignard | *La haine de la musique.* |
| 3009. Laurent de Wilde | *Monk.* |
| 3010. Paul Clément | *Exit.* |
| 3011. Léon Tolstoï | *La Mort d'Ivan Ilitch.* |
| 3012. Pierre Bergounioux | *La mort de Brune.* |
| 3013. Jean-Denis Bredin | *Encore un peu de temps.* |
| 3014. Régis Debray | *Contre Venise.* |
| 3015. Romain Gary | *Charge d'âme.* |
| 3016. Sylvie Germain | *Éclats de sel.* |
| 3017. Jean Lacouture | *Une adolescence du siècle : Jacques Rivière et la* NRF. |
| 3018. Richard Millet | *La gloire des Pythre.* |
| 3019. Raymond Queneau | *Les derniers jours.* |
| 3020. Mario Vargas Llosa | *Lituma dans les Andes.* |
| 3021. Pierre Gascar | *Les femmes.* |
| 3022. Penelope Lively | *La sœur de Cléopâtre.* |
| 3023. Alexandre Dumas | *Le Vicomte de Bragelonne I.* |
| 3024. Alexandre Dumas | *Le Vicomte de Bragelonne II.* |
| 3025. Alexandre Dumas | *Le Vicomte de Bragelonne III.* |
| 3026. Claude Lanzmann | *Shoah.* |
| 3027. Julian Barnes | *Lettres de Londres.* |
| 3028. Thomas Bernhard | *Des arbres à abattre.* |
| 3029. Hervé Jaouen | *L'allumeuse d'étoiles.* |
| 3030. Jean d'Ormesson | *Presque rien sur presque tout.* |
| 3031. Pierre Pelot | *Sous le vent du monde.* |
| 3032. Hugo Pratt | *Corto Maltese.* |
| 3033. Jacques Prévert | *Le crime de Monsieur Lange. Les portes de la nuit* |
| 3034. René Reouven | *Souvenez-vous de Monte-Cristo.* |
| 3035. Mary Shelley | *Le dernier homme.* |
| 3036. Anne Wiazemsky | *Hymnes à l'amour.* |
| 3037. Rabelais | *Quart livre.* |

3038. François Bon — *L'enterrement.*
3039. Albert Cohen — *Belle du Seigneur.*
3040. James Crumley — *Le canard siffleur mexicain.*
3041. Philippe Delerm — *Sundborn ou les jours de lumière.*
3042. Shûzaku Endô — *La fille que j'ai abandonnée.*
3043. Albert French — *Billy.*
3044. Virgil Gheorghiu — *Les Immortels d'Agapia.*
3045. Jean Giono — *Manosque-des-Plateaux* suivi de *Poème de l'olive.*
3046. Philippe Labro — *La traversée.*
3047. Bernard Pingaud — *Adieu Kafka ou l'imitation.*

*Composition Euronumérique.*
*Impression Société Nouvelle Firmin-Didot*
*à Mesnil-sur-l'Estrée, le 16 mars 1998.*
*Dépôt légal : mars 1998.*
*Numéro d'imprimeur : 42042.*

ISBN 2-07-040232-0/Imprimé en France.

80771